O RIO DO SANGUE DOS MEUS PRETOS

GABRIEL NASCIMENTO

LETRAMENTO

Para dona
Sônia Maria Nascimento dos Santos,
minha matriarca, a quem eu entregaria uma versão deste protesto político para parecer.

6	**PAIXÃO NO VERMELHO DE UM RIO**
	Eliana Alves Cruz
9	**1. O GRANDE RIO VERMELHO**
14	**2. IKALAKALU**
20	**3. A MORTE DE ZÉ**
26	**4. MARIA RAIMUNDA CANSADA DE GUERRA**
31	**5. O FIM DE ZELEZIM**
48	**6. A FUGA**
72	**7. BALUAIYETONÁ**
77	**8. RITA DE CÁSSIA FREIRE DOS SANTOS**

87	9. A CASA
96	10. LUCA DE SEBASTIANA
105	11. EM ALTO RISCO
115	12. O COMEÇO DO FIM
126	13. OS ISRAEL
137	14. O FUTURO DA COR
150	RIO VERMELHO, O CEMITÉRIO DOS COM-COR

Ana Rita Santiago

PAIXÃO NO VERMELHO DE UM RIO

O rio do sangue dos meninos pretos cumpre com competência a tarefa de inquietar, e o faz desde o título. Será que o leitor terá dúvidas sobre a natureza da nascente das águas caudalosas, o que dá o tom vermelho intenso? Uma cor que no imaginário humano está associada ao líquido que, ao ser visto em abundância fora de um corpo, é símbolo de morte... E morte brutal, mas que nutre células deste mesmo corpo para lhe garantir a vida.

O universo da narrativa novelesca de Gabriel Nascimento se divide entre os *com-cor* e os *sem-cor*, metaforizando a contemporaneidade do século XXI de extremada violência para com o primeiro grupo. Uma dualidade produtora de tensões aparentemente eternas nos tempos atuais, que se confundem com a realidade distópica criada pelo autor, que é um estudioso da palavra.

Gabriel sabe o peso que cada vocábulo tem, e a intencionalidade com que usa expressões tão comuns ao nordeste brasileiro, mas estranhas a outras regiões, é um dos elementos fascinantes da obra, visto que cria neologismos, questiona hegemonias e noções uniformizantes não apenas de fala, mas de estar no mundo.

O rio do sangue dos meninos pretos coloca contra a parede a noção de centralidade e periferia, tendo a palavra como protagonista. As ditas e as não ditas! Pois, à medida em que as páginas são viradas, o pensamento flui para outra palavra que a vermelhidão evoca: *paixão*. A paixão com o sentido de sofrimento, sacrifício, expiação, mas também – e, principalmente – como o arrebatamento pela vida que faz ser impossível não gritar aos quatro pontos cardeais o profundo desejo de preservá-la e desfrutá-la intensamente, sem que seja devorada pelo rio rubro do aniquilamento.

Repleto de referências à cultura negra afro-diaspórica, a saga policialesca é denúncia, mas também é instrumento para escalar o degrau da reflexão e chegar à ação. Uma atitude capaz de parar as engrenagens dos mecanismos mortais produtores do mistério que dá cor ao rio. O clima opressivo que cerca as histórias dos personagens Zelezim, Maria Raimunda, Rita e TioZito evoca às nossas próprias opressões e avoluma o desejo de libertação, pois se a indústria mortífera de corpos específicos é a gênesis da história imaginada para este livro, o desejo de liberdade é o delta sonhado para este rio. Uma terminação no lago ou no mar do que chamamos narrativa negra, aquela desenhada e idealizada para existência humana plena.

ELIANA ALVES CRUZ

Carioca, escritora, roteirista, jornalista pós-graduada em Comunicação Empresarial, e trabalha como colunista do site UOL, além de integrar a equipe de roteiristas da Paramount Brasil. Autora dos romances *Água de barrela, O crime do cais do Valongo, Nada digo de ti, que em ti não veja* e *Solitária*; e também do livro infantil *A copa frondosa da árvore*, e está em mais quinze antologias de contos e uma de poesias.

1

O GRANDE RIO VERMELHO

— **Você vê aquela estrela no céu, TioZito?**
Aladê mostra a TioZito, seu namorado, uma estrela estranha no céu. TioZito, cabeça na lua, malmente conseguia se importar com alguma coisa naquele instante.
— Acorda, homem. Tá pensando em quê? – Aladê pergunta irritado.
— Em acordar amanhã e enfrentar sua família.
Os parentes de Aladê não aceitavam direito o jovem limbo-homem. TioZito é homem sem-cor, por isso enfrentava forte resistência da família. Aladê, que, por sua vez, pormenorizava o romance, sempre escondido com um sem-cor, não se importava se aquilo terminasse em sangue.
No dia seguinte, ao invés de enfrentar os com-cor da família de Aladê, TioZito foi trabalhar na construção. Carregador de pedra, ele morava no morro da Tapera.
De lá de cima, enquanto o suor descia e TioZito recebia com raiva as ordens de um instrutor com-cor, ele avistava um rio que, nas margens do século passado, já foi chamado de vários nomes. De tom vermelho, era o rio quem tinha mais cor ali. A verdadeira cor era um vermelho escuro, sempre descendo em magnitude através da inércia e da gravidade. Sempre nos intervalos, quando parava para olhar o celular, o rapaz fotografava aquele rio imenso que, segundo começava a se recordar, a cada dia ficava maior e mais vermelho.
Aladê, por sua vez, passaria mais tarde para pegar o namorado de carro. Dono de um esportivo do ano, desses que qualquer um das gentes com-cor tem nestes tempos, tinha cor clara – por isso chamado de com-cor, bigode fino que, mesmo em cima do lábio, não escondia uma boca fina, cavanhaque mal definido, nariz afilado e cabelos lisos com falhas.
Na noite daquele dia, porém, TioZito não teve a chegada do namorado na porta como de praxe, e saiu dali para passear até

Gabriel Nascimento

o local onde havia uma grande árvore chamada Palabra, onde os políticos sempre chacoteavam os sem-cor em festas de fim do ano. Nessas festas, não era raro, além da chacota, a distribuição de peixe bom, já que o rio era impróprio para peixe. Já não se podia pescar há anos. Caçar jamais. Os movimentos proibiram. O que podia mesmo era trabalhar nas fábricas de cansaço.

Desde a noite cor de carvão, porém, TioZito ouvia da Tapera os gritos nos bares vizinhos e a forte repressão policial àqueles homens sem-cor que ousavam trafegar sozinhos e desacompanhados dos com-cor, que os autorizariam entrecruzar, sempre depois do toque de recolher, as avenidas da cidade.

Um com-cor era alguém que carregava um passado. Sabia nome e sobrenome. Sabia de um parente próximo que, séculos antes, tinha feito algo importante. Sabia o porquê de seu sobrenome.

Os sem-cor eram sem história e nem tinham por que saber dela. Não podendo nada saber, uma das coisas que TioZito fazia era receber os ventos que batiam nele vindo da Palabra, e a partir disso refletir sobre a vida. Refletia e refletia, como alguém que, já naquela altura, entendia que já não tinha mais o que fazer. É como se ele soubesse de um grande segredo, uma história que ninguém podia saber, e, por isso mesmo, ele teria que esquecer.

Alfabetizado parcamente ali mesmo na Tapera, ele aprendeu a ler e escrever de verdade graças a uns livros que roubou da biblioteca do Reformado João Paulo II, onde estudou suas primeiras letras vivas na infância. Foi muito difícil, mas ele tinha uma enorme curiosidade pelo conteúdo dos livros, ainda que esses só exortassem sobre a diferença entre as sociedades do futuro, que seriam compostas apenas por povos com-cor, e a lida desacompanhada de senhoras casadouras da capital.

O pai dele, alcoólatra, trabalhou até a morte numa fábrica de cansaço lá no Salobrinho, nos tempos em que ainda havia fábricas naquela banda. Como ele, um sem-cor, o pai tinha traços mais alongados no rosto, como uma boca carnuda e uma dentição profundamente influenciada pela ausência de cuidados durante a vida. Além disso, o nariz afilado apontava para o que um dia possa ter sido a relação de sua família com um com-cor. Talvez isso tenha sido o motivo de Aladê, jovem urbano e sem restrições na vida, ter se atraído por TioZito.

"A essas horas buzito mi papa deve estar na escola", pensava TioZito, sobre a presença de Aladê na faculdade. A sua fala, consigo mesmo, era diferente daquela que usava para conversar com seu namorado, que sempre lhe reprimia caso ele tentasse falar como se estivesse conversando com sua mãe. A relação entre eles dois não era tão fácil. Na verdade, os mundos distantes só eram benéficos à medida que o próprio TioZito tinha uma companhia com-cor para poder transitar livre pelas ruas da cidade. A família de Aladê conhecia TioZito apenas por fotos e registros, e só o fato de saberem ser um sem-cor gerava enormes conflitos, inclusive entre os dois. Uma das maiores brigas que ele tinha com Aladê era sobre a tal da cor. Aladê tinha o sonho de construir família, adotando um com-cor para ser seu herdeiro. TioZito queria pensar mais porque não estava convencido se queria construir uma família. Um sem-cor era, principalmente, alguém sem grandes perspectivas, que parecia saber muito do passado e do seu evidente hiato de futuro, um lugar que certamente não teria. Um sem-cor era propositalmente alguém que tinha tido o passado roubado e, por isso, passava a ideia de que não sabia dele. TioZito sabia tanto disso que via nessa relação a impossibilidade de que sexo com um com-cor se tornasse algo mais como um casamento.

Para quem olhasse de longe, ficaria óbvio que a diferença entre os dois não era um mero efeito dos seus traços, que pareciam mais parecidos do que diferentes, mesmo um sendo impressionantemente com-cor, e o outro sendo um sem-cor. Era preciso ter óculos para ver que Aladê parecia mais carinhoso, mas podia ter sonhos, ao contrário de TioZito, que vivia à margem das possibilidades reais de vida.

Mas, como a vida passa, foi na manhã do derradeiro dia, do derradeiro mês que, olhando a grande passagem de água vermelha que se avolumava cada vez mais no início de cada mês naquele rio, que ele se questionou:

— Ué, coé u nome desse rio?

— É o Rio do Sangue dos Meninos Pretos, mamelungo botoko! – respondeu o velho Zelezim bem irado. – Vorte pu trabalho, Tiziu, senão é vém os Gambé! –aconselhou.

Zelezim era um homem forte, dos idos do tempo que a pedra rolou. Sabia muito da vida e contava as melhores histórias. Porém, tinha sido muito agredido quando menino, e isso ocorreu lá pro lado do Lajeidão. Um dia bateram tanto nele que perdeu todos os dentes. Ele era para TioZito e os demais meninos mais que um amigo velho e turrão. Era um mais velho, sempre atento e reclamão, como quem sabia de todas as coisas do mundo, mas, propositalmente, não contava todos os segredos de uma vez só. Quando TioZito era criança, Zelezim cuidou do moleque uma vez quando o menino não podia frequentar o Reformado durante um toque de recolher dos Bandeirantes.

Ali, naquela conversa, nascia o grande mote de nossa história. O rio, avolumado e avermelhado, não parava de crescer e crescer.

IKALAKALU

Zelezim era homem duro e bom, bom e duro. Homem de um tempo em que a terra era muito mais próxima daqueles que a utilizavam, tanto que ele foi desde criancinha um homem do cacau.

O cacau é desses frutos que reuniu o mundo todo aos seus pés, numa pobreza imensa. Enquanto os ricos ficavam com rios de dinheiro, Zelezim menino e família viviam num daqueles piores dias de suas vidas.

Tendo vindo de Sergipe, eles logo foram incorporados a uma cultura rural longínqua onde a carga horária chegava a quase dezoito horas diárias. Horas intermináveis de um terrível trabalho, muitas vezes com algum líquido que ia enfeitar o estômago vazio. O tal líquido parecia um caldo de feijão verde sem alguma condição nutritiva.

O cacau, assim como ele que o carregava em uma caixa de madeira grande, ia dali para uma grande construção com piso de madeira, onde seria regado durante dias. Aqueles eram os piores dias. Isso porque todos eram vigiados, logo não era possível roubar um cacau sequer para alimentar a enorme fome. Aquela fome de dentro que mata devagar, humilhando o corpo. Se comessem, seriam submetidos a horríveis castigos. É que roubar cacau naquele tempo era crime terrível punido com chicotadas, surras, isolamento, decapitação, mordaças, máscaras de ferro, e até ao fato de serem amarrados no sol escaldante.

Zelezim e família sabiam bem o que era ser criado como animal, mas jamais se renderam, como os bichos. Incrivelmente, o sofrimento fez deles pessoas rurais com enorme fome de fartura. Sempre quando podiam, longe do enorme sofrimento do trabalho, pescavam e cozinhavam peixes frescos nos rios que, naquele tempo, ainda podiam ser utilizados com qualidade, e faziam bons rega-bofes.

— Ikalakalu, vai em dona Pacinha pegar a bacia dela emprestado! Ikalakalu era seu nome de batismo. Seu nome real. Zelezim foi um nome dado quando adulto, quando sua identidade primeira já tinha sido totalmente perdida, quando as memórias da infância restavam atordoadas em algum lugar do cérebro daquele ancião, ainda trabalhando depois de velho.

A mãe de Zelezim era manca, o que dificultava grandemente a sua ida ao rio para lavar roupa. Desde criança ela tinha que dividir o menino com o pai, já que, ao mesmo tempo, Ikalakalu era bom nas atividades da roça e nos afazeres do pequeno barraco. Mas a mãe precisava dividir ele também com a arte. Era um fluente contador de história, desses que inventam várias personagens o dia inteiro, como num dia de abril em que fingia ser seu Pelego.

— Olá, seu Pelego, eu sou o grande Ikalakalu – dizia ele.

— Quié, menino – Pelego respondia em sua própria voz e atuação.

— Eu vim aqui pra anunciar que vi seu filho em coisa errada lá na rua.

— Menino – Pelego parecia trêmulo e, ao contrário de Ikalakalu, era meio corcunda –, eu fiz o que pude por ele, juro por Deus e Jesus nosso senhor, a respeite! Esse menino foi pegado novo quando ainda passava fome. Era sequítico, sumítico, apagado. Deus e Nossa Senhora a respeite, sabem bem que dei de tudo. Fui senhor do meu tempo que a todo momento venho mostrando que fazer, meu bom amado filho, é antes de ser. Sabe de uma coisa, Ikalakalu?

— Fala tu, bom senhor!

— Eu te tenho como fio desde sempre. Sei que anda muito afastado pelo ciúme que ele tinha ao me ver contigo – menciona o velho, com os olhos cheios de lágrima.

— Não se emocione, meu bom senhor. Sei que posso fazer pouco, mas o que posso fazer eu faço pra cuidar do senhor, te trazer pequenas coisinhas pra comer, pra te abraçar.

— Ele, desde que descobriu essa senhora como mãe, tem me abandonado.

— Não chore, pai – pronuncia o jovem, pela primeira vez, o nome.

— Como me chamou? – estranhou o velho.

Coube à mãe de Zelezim, de posse de entrada na sala ouvir o disparate dele interpretar tanto o dizer mais duro:

— Se continuar a brincar de coisa errada, eu vou te botar na casa de doido pra tomar remédio.

A literatura de Zelezim tinha um misto de realidades. Ele desconfiava há muito que não era filho de seu pai, mas de seu Pelego, ancião com quem hoje se parece como nunca. Ele sabia, desde que sua bisavó voltou da roça e ele tinha seis anos, que a mãe escondia um grande segredo.

Sua literatura era, no fundo, um grande pedido de socorro. Amava o padrasto, que era seu pai e lhe protegia dos horríveis castigos muitas vezes impostos por administradores violentos e mal-humorados.

Ele não escrevia porque jamais consta que tenha frequentado cursos básicos que, naquele tempo, não existiam nas roças. A literatura surgiu de cabeça, com os causos e contações que recordava ter tido de um avô. Escrever para ele era com o corpo. O corpo que era aviltado por horas e horas não parava quando ele chegava finalmente em casa. Como se o corpo quisesse contar histórias, não se importava em ser chamado de maluco.

— Cadê a bacia? – sua mãe perguntava.

— Mainha, tá aqui!

— Me dá.

— Mainha... – ele balbucia. – A gente precisa de conversar.

— O que é, menino? – Ela começa a ficar nervosa.

— Nós dois sabemos, mainha, que mais hora menos hora, a gente vai ter que falar sobre seu Pelego.

— Olha aqui, Ikalakalu, eu vou me retar aqui! – Ela parece começar a ficar com a respiração comprometida. – Esse homem que é meu é teu pai. Ele é teu pai. Ele sempre te cuidou

O rio do sangue dos meninos pretos

e sempre foi com todo afeto. Se tu continuar assim ele vai te colocar na rua. Vai nos colocar na rua, desgraça maldita.

Ela deu as costas bem nervosa, como quem já não pretendia conversar. Tinha sido muito difícil sustentar aquele menino aos troncos e barrancos. Desde criança, quando ele tinha crises seguidas de convulsões pela péssima qualidade de vida, o marido dela é que tinha dado todo cuidado.

Zelezim não era mesmo filho dele, mas de um caso que ela teve com o grande amor de sua vida, Pelego. Amores da vida, porém, nem sempre são coisas confiáveis, porque o coração tem dessas de fazer as gentes se enganarem sobre quem são enquanto amam.

O homem jamais descobriu que o menino Zelezim não era seu filho. Ao contrário, ele sempre o teve com um filho do qual tinha muito orgulho. Se a mãe sentia medo da criança endoidar por tanta narrativa sozinho, o pai nunca se importou ao vê-lo falando sozinho, o que para ele era brincadeira de criança.

Zelezim era irmão mais velho de uma série de crianças que ainda não tinham idade para o trabalho rural duro. Por isso, ele próprio sofria porque era uma espécie de protetor delas. Era tanto que impedia o seu pai de bater nelas e ele mesmo se comovia com aquela tamanha proteção.

— Mãe, a gente vai conversar sim. Eu sei de tudo.

— Olha, pelo amor de Sá Dona, Ikalakalu, se tu continuar falando disso, eu vou eu mesma te botar pra correr daqui.

Aquilo era um golpe forte em Zelezim. Pela primeira vez, diferente de antes, ele chorou profundamente. Era um rapazinho, desses que surgem para proteger suas famílias, mesmo sem ainda saber o significado de uma família.

Zelezim jamais veio a saber esse significado porque nunca teve ninguém. Seu padrasto morreria dali a poucos anos, e ele assumiria a casa como o pai. A relação com a mãe, porém, não era boa. Passaram a se falar timidamente e somente para resolverem os dilemas necessários de cada dia.

— Tu vai deixar dinheiro pro leite não? – perguntava a senhora.

— Sim.
— Até quanto tempo tu vai ficar com essa birra comigo?
— Por que tu não pergunta ao teu passado?– Ele sai batendo a porta, sem querer conversar.

O Zelezim, véi Zelezim, sempre foi turrão. Bom e turrão, turrão e duro. O nome Zelezim veio do trabalho duro em que era chamado carinhosamente de Zé Turrão, Zé Não Sei das Quantas, ou Zé Pirintra. A que ele mais gostava era a que um certo Celso de Athayde dizia e que se proliferou em algum momento, que é Zelezim.

Véi Zelezim não nasceu um homem duro. Foi a dureza que lhe ensinou e lhe deu aulas de durezas cruéis, de insensibilidades. Quando conheceu TioZito, foi como um sonho ver um menino cuja sensibilidade lhe despertava saudade do passado. Foi também com TioZito que pôde ver sua sensibilidade de parcas eras investido na forma como aquele garoto era merecidamente curioso, honesto, teimoso, mas capaz. A relação dos dois não era das melhores, dessas que se pode chamar de afetuosa no discurso, mas num corpo afetuoso em que o cuidado de Zelezim era o cuidado do único e verdadeiro pai que TioZito teve na vida.

— Tu é véi Turrão!
— Eu sou véi que assobia, e tu não sabe assobiar!
— Sei sim! E tu pode me ensinar.
— O que eu posso te ensinar, menino? Eu que tenho tanto a aprender.

Um sem-cor sem história, Zelezim era o tipo de homem admirável que a vida não nos deu tempo de admirar, uma vida que causava esperança, mesmo com o jeito turrão e duro de ser que causava mais espanto do que admiração.

Num dia desses, Zelezim até voltou a ver Ikalakalu nos sonhos e ele lhe disse para voltar a atuar, a contar histórias, a ser o velho homem de palavras de sempre. Ikalakalu sempre morou dentro dele. Mesmo Zelezim, também admirável, tendo se apossado de um corpo literato transformado em literatura dura de nossos tempos.

A MORTE DE ZÉ

No dia seguinte TioZito foi bater de novo lá em Zelezim, que morava numa encosta quase desabando. Precisava saber das origens daquilo que não conseguia tirar da cabeça. Ocorre que o moleque sempre foi curioso e aquilo tinha lhe deixado sem dormir. O velho sabia das coisas do passado e teria, com certeza, alguma dica, até porque TioZito se lembrou de quando ainda moravam na beira rio do Salobrinho. Lá naquelas tantas, o rio, sempre vermelho desde que tinha lembrança, não era tão volumoso e com o tom escurecido atual.

— Meu tio, precisamos de conversar – chegou dizendo TioZito.

— Mamulengo Beira Rio só me visita quando quer as coisas – bradou o velho de lá mesmo, ainda de costas.

— Não sou mais mamulengo, né? E o rio só cresce e a cada dia mais vermelho...

— O que tu qués saber desse rio, moleque? O que eu falei está falado e não repito.

— Onti mesmo tive pensando. Por que a cada dia mais cheio? E por que mais vermelho que o mar de Ilhéus?

— Cuide de ti e tua vida, mô menino? Qui quer saber tudo? – Já de frente, o velho falava em tom de conselho.

— Não sei, meu tio. Me estranhei e desde onti venho a pensar.

O velho sem-cor, ainda corcunda, vira as costas largas e continua seu trabalho acocado enquanto pintava umas coisas que eram mais presentes no passado e que hoje em dia são mais raras, como uma cadeira de madeira.

É TioZito que rompe o silêncio.

— Eu descobri que se chama de Rio do Sangue dos Meninos Pretos mesmo...

— Assim os mais velhos chamava. Nunca mais repita isso – diz o velho ainda de costas.

— Por quê?

— Pense bem, mamelungo. Não vou falar nada. Por que tu acha que cheguei à velhice? Chispa, mamelungo, chispa! – Ele se vira colocando o jovem pra correr.

TioZito saiu de lá ainda mais curioso. Era seu dia de folga, e iria aproveitar para encontrar o namorado.

Aladê já estava parado na casa dele fazia tempo.

— Onde estava, homem? – Os olhos azuis de Aladê chegavam a brilhar, embora meio sérios.

— Fui rever um velho amigo.

— Vish, Maria José. Nem vem falar aquele linguajar de dragão.

— Oxente, e tu num lembra que eu estudei? – Ele dá, logo em seguida, um selo no namorado.

— Até o ensino médio. Vivo te falando que tu precisas fazer faculdade.

— Precisa nada, mô rapaz. - Ele fala ao abraçar Aladê.

— Mô nada. Não diga isso, isso é linguagem de sem-cor, e agora tu anda com um com-cor. – Ironiza o rapaz já entrelaçado no abraço dele.

— Eu falo do jeito que eu quero, porque sou o que eu digo, isso é que sai de minha boca, buzito mi papa. Foi assim que aprendi a dizer, e assim sempre direi.

Aladê, a partir dali, começa a ficar sério e em silêncio. Parece que o segredo, que sempre transparecia no rosto preocupado de TioZito, naquele momento se tornou mais insistente no rosto de Aladê.

— Amor, eu sinto que minha família...

— Sua família nada – interrompe abruptamente TioZito. – Eles me odeia.

— Mas, amorzinho, é porque eles não conseguem enxergar teu nariz fino. Teu nariz é de um com-cor.

O outro faz um silêncio e Aladê interrompe.

— Por que tá em silêncio?

E ele começa a completar, como quem definitivamente não quer continuar ali.

Gabriel Nascimento

— Mi buzito, por mais que eu queira, eu nunca vou chegar ao nível da tua família.
— Mas eu tenho esse direito – diz Aladê. – Direito de amar a ti porque é aquilo que eu escolhi. É meu mundo, amor.
TioZito rompe brutamente.
— Já vou.
— Que foi?
— Preciso visitar mainha.
Na verdade, ele parecia mesmo irritado. Seus rompantes, sempre naquela condição, pareciam a de alguém que preferia fugir a conversar. O outro, sentado, ainda que acostumado com aquilo, nunca se acostumava totalmente.
— Mas você não disse nada sobre hoje.
— Porque tu não me deixou falar, né! Tchau.
Ainda em pé, em frente ao carro, Aladê, sempre pensativo o avistava se distanciar em passos rápidos descendo uma ladeira. Seu telefone toca desesperadamente.
— Alô!
— Sou eu. – Alguém fala do outro lado da linha.
— Você disse que ia ligar amanhã, Dudu.

TioZito chegou na casa de sua mãe e ela ainda não tinha voltado do trabalho. Lavadeira de primeira, Zumira só voltaria dali a duas horas. Ele aproveitou para cochilar no sofá da sala.
Salobrinho andava muito violenta naqueles dias, tanto que ele despertou duas vezes com barulhos de tiro. Num deles Miguelzito entrou gritando no barracão.
— Que foi, Miguelzito? Tá dodho?
— Zé da Jega, Tiziu! Os Gambé pegou.
— Colédi mermo, mamulengo! Que história é essa?
— Morreu, véi. Num ouve?
O homem estava lá na praça do Salobrinho. Estirado. Uma pequena multidão ao redor viu dois homens grandes, tão sem-cor

como eles, se aproximarem do corpo, ainda faltando uma réstia de cor que, pouco a pouco, desapareceria em sua tez já fria.

— Zé, levante! – gritava desesperadamente TioZito.

O outro, chorando desesperadamente, o abraçava.

— Ele só estava rodando de moto sem autorização dos de cor – dizia um.

— Mas o que ele fazia fora da área do Maria Jape pra lá, mulher? – perguntava outra.

— Uma namorada, dona Chiquinha – dizia Vanúzia, da padaria.

Essa tal Vanúzia, da padaria, também chorava consigo. É que, já há alguns meses, ela tinha estado com Zé, num desses dias em que ele não tinha ido ver a namorada. Era um homem bonito, e ela sabia disso. Amor impossível, tanto que tinha consciência que, naquele momento, não podia esboçar tanta tristeza porque sairia dali mal falada. Mas, como sofria, e quantas lágrimas desciam dos olhos, ela não se aguentava e o pranto era seu companheiro em segredo.

As mulheres sem-cor do Salobrinho eram acostumadas a chorar por seus homens. Todas as vezes que saíam da área delimitada de circulação de sua gente, finalmente livres dos muros silenciosos e invisíveis que, a cada dia, eram menos invisíveis nos sentidos de toda a gente, desapareceriam. Zé da Jega, por sua vez, fugiu da enorme tecnologia trazida de Israel, como drones que trafegavam em alta velocidade e eram automatizados com metralhadoras M249, e conseguiu entrar em alta velocidade na praça do Salobrinho. Foi quando uma rajada o atingiu nas costas, e ele tomou uma queda por cima do paralelepípedo da porta de uma escola.

Outra mulher ali naquele bolo, que tinha perdido seu homem, era uma dita Maria Raimunda. O que a fazia uma sem-cor não era a boca carnuda – tão comum naquela gente de tez clara, com indisfarçáveis traços sem-cor –, mas o nariz achatado e aberto. O ex-marido, que tinha o nariz igual, certo dia foi pescar no rio Cachoeira e lá mesmo sumiu. Contam que uma tal moça com-cor, com esses fetiches de dar o rabo para um homem sem-cor, o encontrou na beira do rio e simulou uma tentativa de tirar ele da barreira que ficava na rodovia, perto da entrada do Maria Jape. Ali mesmo desapareceu e nunca mais Maria Raimunda o viu. Olhando Zé da Jega, atingido por uma rajada no chão, ela o olhou como seu próprio homem. Acompanharia seu cadáver, aliás como todos ali, como uma forma de acompanhar os milhares de jovens que desapareciam todos os anos sem que nenhum cadáver aparecesse.

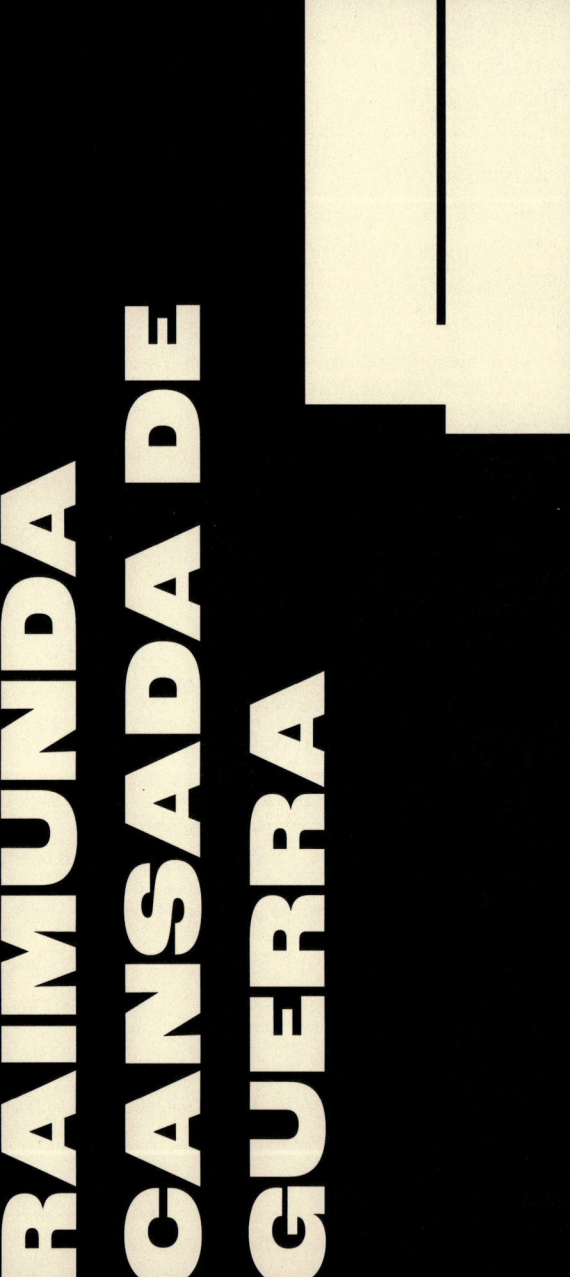

A tal Maria Raimunda tinha nascido no Japu, para os lados do Maria Jape. Migrou de lá quando aquilo virou área proibida. Isso foi há uns 30 anos, enxotada de sua casinha na beira do rio, este que, naquela época, nem era tão cheio, e até era seco por causa da seca de 25, quando todos os peixes do rio e todos os animais morreram.

Filha de trabalhadores que tentavam se sustentar a partir da labuta do cacau, Maria começou a infância mal. Muito mal. Um tal Buziga, empregado de fazenda que, conforme ainda existia naquela época, não era o que trabalhava de verdade, mas o único que tinha registro na carteira para transferir as ordens do patrão para os trabalhadores rurais não assalariados e sem registro na carteira, se interessou por ela. O empregado, ali pra eles, era o patrão. Geralmente com cor, esse era o caso desse tal Buziga.

O cacau cultivado não era como o de outrora. Festejado no chocolate, cacau é uma praga. Desde sempre os donos de terra, usurentos, queriam poder voltar à colheita de sempre, com mais gente sem-cor prestando os bons serviços à plantação a troco de nada. Foi assim que a tecnologia ajudou. Até aquela área, do outro lado do rio que, em tempos mais distantes, não cultivava um nada, virou terra de cacau. As boas técnicas de solo fizeram da mata atlântica um dos solos mais férteis do mundo, mas também daqueles que mais eram usados para explorar as gentes precisadas.

O tal de Buziga, como a maioria dos com-cor, era homem alto e ordenador e gostava de ver todo mundo fazendo o que ele mandava ou simplesmente mandava embora, sem direito a nada. Ele botou olho em Maria Raimunda desde que ela ainda era bem moça. Adorava chamar ela de botocuda, que era a forma como homens mais velhos, sobretudo os com-cor, gostavam de chamar as mulheres mais jovens que herdaram dos sem-cor umas ancas largas e nádegas avantajadas. Numa dessas, ele contratou a menina para lavar umas roupas. Ela se apresentou a ele no dia 15, numa manhã, e esperou ele dizer o que queria. Mas o que ele queria eram as ancas da Maria Botocuda. Razão pela qual a contratou, e foi logo pegando nas ancas dela. Não deu em outra. Ela deu um tabefe na cara dele e saiu correndo.

Foi nesse mesmo dia que a família de Maria foi despedida da fazenda, sendo obrigada a atravessar o rio como quem vai para o distrito chamado de Serrado. Foi lá que aquela família inteira, cheia de filhos, se instalou.

Os anos se passaram e, nesse lugar, ela conheceu seu primeiro e único homem. Jovan foi logo seu primeiro e maior interesse e, com ele, depois de seus pais já finados, se mudou para o Salobrinho quando a área do Japu foi cercada numa dada manhã de quinta-feira, 23 de abril.

Não foi um dia feliz. Era um dia de folga, eles estavam dormindo quando foram acordados com sons de bomba e tiros. Não os de borracha, mas de napalm adaptado pelo Estado d'Israel. Esse novo tipo de substância tinha o benefício de agir junto com um composto nervoso que, ao invés de gerar as fortes reações na pele, como aquele grude horrível e danoso, passava a atingir os sensores do próprio sistema nervoso central. Muitas manifestações foram contidas com aquela gloriosa substância que, dentre outras coisas, gerou paz social.

Não deu outra. Pularam no rio e nadaram contra a correnteza até se isolarem numa pedra. De lá viam as luzes como se foguetes de São João estivessem festejando a colheita do milho, que um dia São José abençoou para, por fim, Xangô Menino pulular e galhofar, na fogueira de São João.

— Sabe de uma coisa, mi mamita? – pergunta Jovan.

— Não quero saber de nada, mi buzito.

— Mas sabe só disso, mi mamita! – Ele faz um longo e necessário silêncio como quem espera o clima chegar. – Lembro da gente inda pivete, as luzes de São João?

— Ah! A Trezena de mi padinho Santo Antônio, que eu ia sempre com Domingas.
— E o milho, e o milho. Plantava sempre no dia de São José pra dar em junho.
— Tu me promete uma coisa, buzito?
— Depende.
— Tu não vai morrer nunca.
— Prometo. Nunca vou morrer – falava ele bem devagar, como quem tem dúvidas.

O sepultamento de Zé da Jega era um verdadeiro velório. Tudo que ele gostava de fazer em vida era ali repetido. A mãe, já desmaiada numa tarimba, não podia ver os amigos lá fora tomando cachaça do Rio do Engenho e brindando sem parar a vida de um irmão.
— Oi, Zumirinha – diz Maria Raimunda, encontrando Zumira, mãe de TioZito na entrada da casinha da beira rio.
As duas, da mesma altura, se abraçam. À noitinha, o abraço das duas faz uma sombra só aparecer no chão, como se as duas fossem um só corpo. Zumira, sem palavras, olha chorosa para o rosto largo, com nariz achatado, de Maria Raimunda.
— Sabe o que lembrei hoje?– diz Zumira.
— É, eu sei. Eu nunca consegui superar.
— Fica feliz, fia. Deus é pai… Hoje ele tá ali naquele caixão. – diz Zumira, apontando para a tumba.
Parado feito um caqueiro em frente ao caixão, TioZito mais parecia uma estátua. A mãe então chegou por trás e o abraçou.
— Tu sabes como ele ia chamar o filho? – pergunta ela.
— Que filho?
— Maria Peitão tava prenha.
— Mas num diz que ele tava aí atrás de rabo de saia? – pergunta o filho.
— Isso num sei. Só sei que ele ia ser pai. O filho ia chamar Tiziu, em sua homenagem, papito.

Os dois se abraçaram longamente até que ele, urrando quase em desespero, diz:
— Eu vou vingar ele, mi mamã.
— Papito não vai fazer nada.
— Eu vou vingar ele, mi mamã. – Ele brada olhando fundo nos olhos de sua igual.

Se afastando dela, sempre numa rebeldia sem fim, ele saiu da casa e começou a subir a ladeira como quem vai sair do Salobrinho.

De longe soa uma voz:
— Eu vou mais tu!

Passo após passo, um rosto largo aparece e ele finalmente consegue enxergar Maria Raimunda.
— Raimunda?
— Eu vou com tu. Tá decidido.
— Mas tu não sabe onde eu vou.
— Tu vai vingar Da Jega. E eu vou vingar Jovan.

A luz do poste na ladeira se apaga e duas sombras sobem devagar, reluzindo, assim, por causa do poste mais acima. As sombras andam em passos lentos, mas firmes, como quem quer vingança.

O FIM DE ZELEZIM

Tarde daquela noite, o vento batia forte quando eles finalmente chegaram à Tapera, na casa de TioZito. Sentaram-se embaixo da Palabra, enquanto comiam inhame com flocos de alguma coisa não identificada, ao som de dois rapazes que trepavam num casebre na primeira esquina à direita.

— Madinha, o que é um preto?

— Como assim? – pergunta intrigada Maria Raimunda enquanto franze a testa.

— Eu ouvi isso dia desses quando eu olhava o rio vermelho lá embaixo.

— Aquele rio num tem nome. Diz que os passados tiraram o nome de todos os rios vermelhos.

— Mas foi assim – interrompe ele. – Eu ouvi de Zelezim no trabalho. Diz que o rio se chama Rio do Sangue dos Meninos Pretos. Isso não sai mais de minha cabeça. Que meninos pretos? O que é um preto?

— E como assim tu não perguntou a ele, mamito?

— Véi dodho, madinha. Eu lá ia dar pedra a dodho. E depois aquele cabra já me dedou pros Gambé do trabalho.

— Mas e por que isso tanto agora?

— Não sei, madinha. Ouço, penso e não paro de pensar. Preto, como essa noite – dizia ele olhando um céu superescuro da poluição. – Eu só conheço essa noite.

— E por que não foi saber de mais ninguém?

— Só Zelezim sabe. Mas ele me expulsou sem conversa.

— Ué, vamos até ele.

— Vamos, mas preciso primeiro encontrar o chefe.

— E tu vai de encontrar ainda essa noite esse menino, mon rapaz?

— Quero contar a ele que nos vamos sair aí no mundo!

Após diversas tentativas naquela noite ele não conseguiu falar com Aladê.

Gabriel Nascimento

Muito longe dali, Aladê se divertia com um rapaz em um motel de beira de estrada. Via, sempre longe, o aparelho tocar, enquanto uivava após ser penetrado por vezes por seu parceiro.

Restou mesmo aos dois irem até Zelezim, que morava numa tal rua chamada Areal de Baixo.

— Vamos, mô menino!

A fachada da casa não era das melhores. Sujismunda, a casa mais parecia que tinha sido abandonada há séculos. Antes mesmo de entrar, um drone passou por eles a mais de 200km por hora e explodiu num bar que, logo abaixo do morro, tocava enlouquecidamente, contrariando o toque de recolher.

— Tu viu isso?

— Os Israel. Eles num deixa passar. Num deixa passar nada – responde o rapaz.

Lá embaixo o horror acontecia. Gritos e fogo de incêndio, mas parecia um churrasco. Um churrasco de gente. Como se naturalizassem ainda mais aquela pródiga situação, eles nem se mexeram para ir ao pé do morro. Eles fingiam que o passado não existia, mas também começavam a aprender a fingir que o presente não era real. Escondiam, propositalmente, o que sabiam e caminhavam como se não soubessem de nada do que estava acontecendo ali. Passaram, pois, a chamar pelo ancião.

Após chamarem diversas vezes, sem resposta, empurraram a porta. Lá dentro estava o cadáver do velho estirado num piso de barro. Mal se sabia há quantos dias. O desespero de ambos chegou a ser pior do que os gritos lá fora.

— Temos que chamar os Cota!

— Na-na-ni-na-não. Israel não bota mão neste filho de meu pai, Raimunda!

O homem tinha um furo que ia da barriga até o pescoço. Não parecia oco por dentro, a não ser de sangue, que tinha cheiro de fresco. A boca estava colada com cola. Eles só descobriram isso porque havia indícios de que o velho tentou descolar para gritar, tendo a boca ficado completamente ferida, mas ainda colada.

Zelezim não pôde nem gritar. Quem o matou, matou bem ali, sem que ele tivesse direito de defesa.

— Quem será que foi?

— Não sei, Raimunda. Temos que sair daqui.

TioZito falava com a credulidade absoluta de quem sabe exatamente o que estava acontecendo, mas não podia contar e sequer abrir a boca.

De fato os Cota chegaram logo cedo. Esses tais sujeitos misteriosos já foram chamados em alguma época pela alcunha maldosa de milicianos, embora aquele velho nome não faça hoje tanto sentido com o mistério que guardam sobre sua profissão. Muito embora o alarde dessa relação maldosa, os Cota eram ex-detentos que foram incorporados ao Estado policial pela ausência de bandidos e, como esses já tivessem passado por aquele mundo, eram especialistas em desastrar toda horda de gente. Além disso, como era praxe quando entravam no morro, a operação foi vigiada por armas de destruição em massa, como já era comum naquela região. Essas armas sempre ficavam à disposição em drones que sobrevoavam a região desde a morte do finado presidente Hercílio. O corpo seria levado dali para ser incinerado como os outros tantos presos comuns que morriam de fome e cansaço na Visagem, perto de Inema.

Os Israel voavam sobre as gente sem-cor, sempre com armas de última geração importadas do Estado D'Israel. As armas mais recentes até permitiam uma mira milimétrica por censor de calor e absorção de sotaque. Os Cota não. Eram do velho sistema de segurança pública, quando os próprios prisioneiros passaram a ser exortados a proteger o antes país perigoso e agora regenerado por todo morticínio necessário, e como faltava trabalho, passaram eles mesmos a socorrer aquelas gentes com algumas gracinhas em forma de empregos, que em outros tempos já chamaram de bico. Não tinham status militar ou paramilitar como antes, mas não se sabia se pegariam em armas ou se armavam por trás das gentes para lhes dominar. O fato é que algum dia já pegaram e, por isso, guardavam tamanhos segredos.

Naquela região construíram uma cadeia tão grande para trabalho forçado que, pouco a pouco, quem entrava ali não durava cinco anos nem com chá mágico. Na verdade, ali era a única base ruim de toda a região. Os maus-tratos foram sendo ditos aqui e acolá, embora as pessoas mais quisessem ser presas do que ficar soltas já que, libertas, não tinham onde trabalhar. Os trabalhos escassos eram ligados à construção dos condomínios fechados que, por sorte da tecnologia, não precisavam contar com as gentes. Já na prisão, se não fosse aquela tão famosa pelos maus-tratos, as gentes podiam ser promovidas a trabalhadores de fábricas de cansaço que se alastravam pelo país desde que a obra do rei divino de Sião se espalhou como praga. Os presos foram sendo evangelizados e a salvação os promoveu a um Estado em que não precisavam mais reclamar, já que agora, trabalhadores, alçados ao lugar mais sincrético da beleza da moral, podiam trabalhar até morrer com direito a pequenas folgas por horas. Muita gente ali queria esse posto, e não era fácil. Ocorre que os próprios trabalhadores dessas fábricas passaram a terceirizar seu próprio trabalho, explorando das gentes as piores.

Voltando ao velho carcomido, suas digitais, no entanto, foram recolhidas e enviadas para estudo. De fato, TioZito, já cheirando problema, se fazia em corpo físico longe daquela confusão. Escondido na boleia de um carro, atravessava a ponte em cima do rio vermelho de sangue indo em direção a novas terras.

A morte do velho Zelezim mexeu muito com ele. Não sabia demonstrar o quanto, pois seu cinismo de homem sem-cor lhe levara a esconder o que sentia. Aquelas circunstâncias como um todo lhe mostravam a menção de aviso. A própria Raimunda, que arrumou aquela carona, lhe disse isso. Prostituída naquela mesma noite no cêro do Malhado, ela só conseguiu carona mediante à promessa de trepar com o homem de novo quando chegasse em Uruçuca. Chegaram de manhãzinha, logo nas primeiras horas do dia. Enquanto o rapaz se aprumava, indo em direção a um sanitário de plástico, desses de rua, a mulher cumpria a segunda parte do acordo, sendo fodida pelo velho na cabine do caminhão.

— Bora, madinha! – grita ele para Maria Raimunda.
— Calma, homi! Tive que acertar direito.
— Não tá vendo que a gente tá procurado?
— Pra onde vai a gente?
— Fazenda Mocambo. Te mostro o caminho.

A polícia tava mesmo atrás deles. As fotos de suas caras agora circulava também nas redes. Além da polícia, havia agora drones dos Israel, que cumpriam missões especiais assim quando bandidos eram fugitivos. Um sem-cor era fácil localizar por causa dos traços. O computador embarcado tinha a capacidade de reconhecimento facial a quase 2km de distância do alvo. Reconhecendo o fugitivo em franca caçada, um drone era capaz de emitir sinais sonoros, sendo que esse sistema de drones era chamado carinhosamente de Os Israel pela população. Outra feita, os Cota eram paramilitares – ou quase – que defendiam – supostamente – as gentes, muitas vezes mais cruéis e absurdos em suas defesas, e exterminavam a população pelo pecado que ela mesma aprendeu que tinha. Um pecado tão absurdo que ninguém era capaz de lembrar, e nem de falar sobre. Localizado o alvo, as rajadas de tiro eram capazes de trucidar os infelizes, geralmente homens, com uma rapidez incrível.

TioZito sabia disso. Sabia também que não podiam ficar com os celulares. Assim que passaram por cima do rio vermelho, ainda na estrada, tomou o telefone de Maria Raimunda e jogou na água corrente que iria dali envermelhava o mar da Barra, em Ilhéus.

Mas tinham que dar um jeito de falar com a mãe dele, dona Zumira que, a essas horas, achava que o corpo do filho iria desaparecer como tantos outros. Saíram daquele lugar para uma favela na rua 15 de abril, onde faziam o possível para que as câmeras não os reconhecessem. Para isso, como se fizesse frio, usavam um capote em cima do rosto, já que naquelas bandas

Gabriel Nascimento

a comissão gestora não tinha controle absoluto por se tratar de área delimitada longe do centro.

— Mãe, estou bem! – grita TioZito ao telefone, dentro de uma lan house.

— Mi buzito, os Gambé tá atrás de tu – bradava a velha do outro lado. – Os Israel tá rodando com M249 e tudo.

— Mãe, me escuta. Vou dar um tempo na Fazenda Mocambo!

— Mon menino...

— Mãe, me escuta. Vou tá na Mocambo. Vou procurar tia Rita. Tou bem! – desligou o telefone.

Lá fora, no entanto, Maria Raimunda esperava com roupas dentro de uma sacola que, ao menos que ela quisesse explicar, ninguém diria que ela ganhou se prostituindo na descida da carona.

— Como tu conseguiu isso, mulher? – pergunta ele.

— Se eu contar tu não vai gostar.

Eles entraram numa moita e em dez minutos estavam de vestes novas. Ele usava um boné aba reta e uma camisa de cor; ela, uma roupa apertada e comprida, parecendo que ia a algum culto. Dali caminharam por dentro de uma ramagem, sempre passando longe da rodovia, que era por onde os drones sobrevoavam, variando entre altas velocidades e percursos baixos, com ligação em ímã com o terreno. Havia no percurso várias árvores Palabras, que era a garantia de que toda tecnologia há de falhar. Se não falhar na Palabra, a tecnologia irá falhar ao se aproximar da árvore, já que os tais ímãs não conseguiam fixar comunicação por alguma substância que tinha naquelas árvores centenárias. Em meia hora estariam chegado à Fazenda Mocambo, coisa que TioZito fazia depois de muito tempo sem ir visitar essa parte da família.

Rita de Cássia Freire dos Santos era tia de TioZito. Ela não o esperava e muito menos a tal Maria Raimunda que, com cara sofrível, adentrou a varanda enfeitada com paetês. Porém, a senhora de cara larga e pouco riso, mas que disfarçava timidez alegórica, ficou muito feliz de os receber. Ainda prostrada numa pedra, de onde os recebeu, ela olhava a sobrinha Sorrene lavar uma penca de roupa, quando bradou:

— Sorrene tá lavando roupa porque eu não fui feita pra trabalhos domésticos!

— Até esqueci de falar com sua bença, madinha. Bença, tia.

— Deus te dê vergonha por cima dessa cara – diz ela beijando na testa dele.

Dali foram para a casa de taipa que ficava numa quina da fazenda.

— Quem é a moça? – pergunta Rita.

— Ahhhhh, eu – tenta responder Maria Raimunda.

— Madinha, é uma amiga... – interrompe TioZito.

— Deixa a moça falar, rapaz – interrompe Rita. – Fale, moça!

Rita e Raimunda se riem juntas. Mais velha e protetora de meninas, Rita tinha sido vítima de várias enganações até ali, que é ter sido emprenhada à força e julgada por ser mulher solteira, segundo ela.

— Eu sou Maria Raimunda do Maria Jape. Perdi meu homem e resolvi seguir a vida com esse não sei por quê.

— Resolveu sair pelo mundo desembestada?

— Não é isso, tia! – respira TioZito. – Posso falar agora?

— Tu sempre falastrão. Pode!

— Tem algo errado acontecendo, mamá tia. Tudo começou essa semana quando questionei véi Zelezim sobre o tal rio vermelho depois que alguém falou, mô tia.

— Primeiro lugar, aqui não falaremos desse rio – diz ela, com dedo em riste. – Só na roça. Não falaremos nenhuma palavra que pode ser de alcance dos microfone.

—Aqui também tem microfone? – pergunta Maria Raimunda.

— Mas câmera não. Patrão colocou por causa dos assalto. Fiquem aqui sim, mas sem dizer um ai e nem um ui.

— Tia, a gente tá procurado.

— E tu acha que eu não sei?

A mulher, que parecia ter vindo do século passado, usando um desses vestidos rodados, também era dada a tecnologias ululantes deste tempo. Ela sabia mais do que ninguém que a tecnologia era uma forma precisa de controle, mas também sabia que não escaparia do controle não tendo aquela parafernália zoadenta e problemática.

— Sorrene viu no celular. Por enquanto, mô menino, fique bem quietinho até ir pra roça. A moça se ajeite por aí.

A casa não parecia, nem de longe, os barracos mais próximos ao morro da cidade. A casa dela tinha um estante de livros de antigamente que ainda hoje existem nos pontos de leitura dos museus. Sorrene levou Raimunda para o quarto onde tinha um banheiro, lá ela pôde finalmente se ajeitar para parecer menos sofrível. Já o coitado do TioZito se jogou no sofá e caiu no sono, como se uma criança dentro dele quisesse desesperadamente dormir o sono dos justos e dos injustos.

Mais tarde, quando o alarme tocou e todos já tinham comido a papa de milho e o peixe fresco cozido em formato de moqueca, com um azeite de dendê de pilão, eles foram pescar para o dia seguinte. Naquela região havia pequenos lagos onde se podia pescar, ao contrário da vastidão vermelha do grande rio, onde a água tinha matado ou envenenado o peixe para consumo.

Aquelas gentes gostavam de comer bem. Adoravam fazer comidas temperadas onde o amor se travestia em feitiço. Dos restos dos poucos animais que eram utilizados ou permitidos ao consumo, se adicionava o limão, que tudo limpava, com temperos e refogados no ponto certo. Os fundos privilegiados das casas do campo ainda escondiam pequenas plantações necessárias ao convívio completo do mundo, como os que traziam hortelãs, coentros largos ou coentrões, coentros, alfavacas de galinhas finas e grossas que eram justamente a salvação de uma vida simulada e triste governada pelas faces horrendas daquele tempo. Aos poucos os com-cor foram se sofisticando a tal ponto que não precisavam se submeter àquele sabor. Por isso, as gentes podiam comer relativamente melhor diante do tempero, e viviam um pouco melhor que os sem-cor da cidade que, já naquele tempo, comiam sobras industrializadas e não tinham nenhuma terrinha para plantar algumas ervas frescas.

Os sem-cor comiam sobras industrializadas, como processados com muitos artifícios que só iam parar nas mesas dessas pessoas quando o processo inflacionário era deflacionado com a taxa horripilante de desemprego, que era uma forma de controle do câmbio daquele país. O desemprego era um negócio lucrativo porque obrigava as gentes a serem escravizadas nas grandes fábricas de cansaço.

Havia ampla autorização para aquela gente sem-cor circular nas roças. Era o único lugar que tanto fazia ser com ou sem-cor. Isso só aconteceu por causa da derrocada do cacau antigo. O cacau, que impedia que as pessoas comuns plantassem em todo lugar, atualmente é produzido nos campos de concentração, e não na sombra da mata atlântica. Essa área do cacau passou um tempo grande sendo vigiada por toda sorte de tecnologia. O cacau tinha tornado o mato mais morto e depois ele próprio ressuscitou numa espécie de gueto rural, onde não precisava mais se misturar com a terra que serviria a plantações das gentes nas florestas tropicais. Isso fez com que a antiga propriedade rural permitisse a todo mundo um uso, já que aquilo não era mais lucrativo para os grandes donos do poder. O cacau tinha cedido seu espaço para um pouco de sobrevivência dos sem-cor da zona rural.

O silêncio de todos em direção a uma ladeira no mato escuro, sem um piar ou tilintar, ia mostrando que ali mais ou menos se sabia do que estava rolando.

Lá em cima, num lugar chamado de Poço do Doido, finalmente o silêncio veio a ser quebrado.

— Tua mãe Zumira viveu aqui.

— Tia, mô madinha sabe o que vim fazer aqui, né?

— Primeiro tu vai ter que mudar essa linguagem. Senão eles vão te pegar rápido.

— Qual isso?

— Eles não te acham pela câmera, TioZito – vaticina ela.
– As câmeras se dispersam com enorme circulação, já que os dados são transmitidos em tempo real e não têm amplo conhecimento. Os microfones estão preparados para te escutar e reconhecer teu linguajar de bem longe. Quem ouve são especialistas que entendem de sotaques e gentes falando diferente.

— Como assim?

— Há muitos anos perdi Jessé – diz ela. – Ainda não era como hoje. Não era de ir lá e destruir. Era avisado antes para parar de falar. Eu falava essa língua de vocês.

— Vocês quem?

— Os sem-cor ainda vivos.

— Mas a senhora é sem-cor.

— Mas eu venho vivendo escondida há anos com uma linguagem de uma com-cor. Por isso, os microfones não me pegam.

— Isso é muito estranho – diz Maria Raimunda. – Então, a gente reaprende a dizer coisas que não se diz. Mas eles dizem?

— Isso, Maria Raimunda.– Ela confirma enquanto rodeia os dois e passa a olhar para a vista bela lá embaixo. – Há muitos anos eles vêm usando nas palavras o que sempre dizemos, mas conseguem identificar quando dizemos o que eles já dizem.

— Isso é demais por estranho – diz TioZito.

— Isso tem a ver com o que vocês vieram procurar aqui.

Todos se sentaram como se realmente fossem pescar enquanto eram alumiados por uma lua cúmplice e verdadeira, dessas que não contam histórias, mas são testemunhas das melhores.

— Depois que perdi Jessé eu fui reconhecida falando sobre a morte que Os Israel praticaram contra ele – diz, cochichando, a senhora de pouco mais de 60 anos. – A voz de um drone bradava e bradava que ou eu esquecia aquilo, ou eu ia pra mesma vala. Eu percebi que minha voz e sotaque eram repetidos tal qual naquele drone. Era isso. Nossa linguagem, o cantar das palavras, tudo. Tudo está registrado. O drone até falou de meu tempo em São José da Vitória. Mais tarde, amasiada com um velho de Dravil, na rabeira do rio do Córrego, eu descobri com ele que esses aparelhos de Israel tinham tecnologia de sotaque, e que nós éramos reconhecidos por sotaque e não imagem.

— Mas e o rio, tia?

— Quem são os pretos, dona senhora? – Maria Raimunda insiste como quem complementa.

— O rio é caso antigo. Os mais velhos já falavam. Desde Chico Griote, que gostava de descansar e falar embaixo da Palavra sobre isso pra gente criança. A árvore Palavra, a árvore da vida, onde tem, há de revelar essas marcas. Muitos desconfiam, desde sempre, de águas tão vermelhas nos rios grandes e águas turvas nesses rios menores, e nas presas de fazenda. Mas o fato vocês aprenderam nesse caso. Ninguém pode comentar senão morre.

— Como Zelezim? – pergunta TioZito.

— Como todos os que morrem perguntando ou não. Todos morreremos, de uma forma ou outra. Mas os que morrem primeiro estão entre os que questionam com esse sotaque e o sistema que vocês chamam d'Os Israel, eles vão lá pra cobrar a promissória.

— Mesmo os com-cor? – pergunta Maria Raimunda.

— Eles não se questionam sobre isso, porque não vivem no nosso mundo, menino. Se se relacionam com um dos nossos é pra transformar o mundo deles em algo ainda melhor. Você tem que virar um quase-eles.

Maria Raimunda e TioZito se entreolham não porque discordassem, mas porque era bastante estranho aquela palavra alienígena: "quase-eles".

— Eu namoro um com-cor, mô tia!

— Nada de mô! Pare disso. Minha. Mi-nha! – ensina ela. – Nunca mais mô. E nada de ligar para esse rapaz. É bem capaz dele armar para te pegarem. E tu sempre foi falastrão, vacilão, e tua mãe que é cabreira dessas coisas sempre repreendeu teu falar.

— Mas minha mãe fala como eu.

— Mas ela fala menos. Olhem... – diz ela pegando um punhado de terra. – Todos desconfiam do rio. Desde sempre. Me disse um parente do Chico Griote. Mas ninguém sabe quando começou. Todos os rios são assim. Os mares cada dia mais vermelhos, e as pessoas que podem pagar vão em praias artificiais.

Pela primeira vez o cinismo daquela gente parecia um pouco melhor. Sozinhos entre si, como que não observados, eram mais capazes de deixar entrever sua pouca revolta sobre aquela condição e deixar transparecer de que sabiam exatamente qual era aquela sinuca de bico onde estavam.

— Mas de onde vem essa cor?
— Dos meninos. Mas não sei por que pretos. E não sei se é verdade o que me contaram.
— O que te contaram, Sá dona? – pergunta Maria Raimunda.
— Sá coisíssima nenhuma, mulher de Deus, Jeová, Jireh e todos os santinhos protetores de além! Pare disso! Eu vou ter que educar a fala de vocês.

A testa de Rita de Cássia alumiava ao luar. O olhar, sempre desviante e desconfiado, parecia em eterna contingência, como aquele que tudo sabe sem necessariamente tudo falar. A fala, sempre estratégica e promissora, dizia coisas cortantes que não eram necessariamente ouvidas por todos.

— Este é um país do futuro. E a população toda tem segredos do passado. É bom não abrir a tampa do esgoto se você não souber lidar com os ratos.

Maria Raimunda, quase que com um tique, coçava a cabeça sem parar. Ela realmente parecia mais aflita e preocupada do que TioZito.

— E vocês ainda não tão preparados. – Rita completa. – E nós três já sabemos como vai terminar essa história. Os três mortos sendo fritos num forno grande, e jogados no rio.

— O que é um preto? – TioZito, já com voz mais serena, calma e leve, volta a inquirir a jovem mais velha.

— Eu não sei. É algo que viveu no passado e ninguém quer nos contar, mas todo mundo sabe. Os rios têm nome. Almada,

Cachoeira. O Almada chega para banhar a Barra de Ilhéus. O Cachoeira pra fazer o pontal. O Jequitinhonha pra abençoar o guaiamu de Belmonte. O João de Tiba e o Buranhém vão contando a história das enchentes em Cabrália e Porto Seguro, onde um dia o verdadeiro homem, segundo dizem, pisou no Brasil. Os rios têm nome pra serem usados. Nenhum deles se chama Rio de Sangue de ninguém.

— Tia, a senhora sabe do que falamos – brada TioZito.

— Sei, mas não vou dizer nada porque não sei do que sei. É por isso que vivi tanto.

O que era admirável no cinismo dela era a sabedoria estratégica com que ensinava à curiosidade juvenil o seu lugar. Daquelas gentes que sabiam tudo sobre o passado e disfarçavam sobre o presente para poder ter lugar no futuro. Elas podiam prever que o caos era necessariamente um acordo coletivo, como se a história, esta que já foi mudada, não tivesse mais timbre ou cor a serem adicionados. Por isso mesmo o cinismo, uma vergonha moral de tudo que aconteceu e não queriam mais tratar, ora pelo medo d'Os Israel e dos Cota, ora pela vergonha fatal de terem chegado àquele mundo marcado por uma fala amealhada pelo silêncio.

— O que vocês precisam fazer agora, sabe, TioZito, é descansar. Estudar o que aprendeu na escola e ensinar à Raimunda. Isso vai deixar vocês vivos, ao menos, por enquanto.

— Mas e Os Israel? Os Gambé nos pega já.

— Não. – Ela é resolutiva. – Vai acontecer uma grande crise nacional e não posso falar para vocês. Em pouco tempo todo esse sistema de comunicação vai ruir e só os paralelos vão continuar atrás de vocês.

— Os Gambé.

— Sim, esses ratos.

Dali sairiam e foram dormir. Como se fizesse frio, ela os cobriu em uma esteira como se fossem filhos. Ao os olhar, já alimentados, havia cor ali. Os via numa cor escurecida, como quem já percebesse que a idade a fazia variar da cabeça. Os via como se visse algo do passado que não se parece mais com o presente e tampouco com o futuro. Os olhava como mirava o seu Jessé, com o carinho que sentia e com a decisão materna que, muitas vezes, é tão irracional quanto possível, mas tão generosa e poderosa quanto inexplicável.

Aquela noite foi perturbada e exaustiva na mente de TioZito. Foi lá pelas três quando caiu num sonho amargurado, onde boiava num rio imenso vermelho.

— Onde é aqui? – gritava fortemente.

Uma mão o segurou e puxou inesperadamente, como se o sonho chegasse finalmente ao fim em derredor de si mesmo.

Ao chegar na margem o homem disse:

— Bem-vindo ao Rio de Contas.

— Por que Rio de Contas se é vermelho?

— Por que, embora a cor, esse rio tem um nome antigo.

— Espera. – Ele percebe algo no homem. – A sua cor é diferente!

Ele percebeu que o homem tinha a cor da noite, de uma noite escura daquelas que fazem todas as verdades sucumbirem em sua enorme simplicidade.

O homem era mesmo escuro. Tão escuro que seu retinto na pele confundiu TioZito rapidamente. Ele nunca tinha visto alguém tão escuro na vida.

— Quem é você? – TioZito continuava intrigado.

— Eu sou o mistério da sua cabeça.

— Eu não tenho mistério na cabeça. Eu tenho medo – grita TioZito. – Me tira daqui!

— Você vai precisar viver esse terror.

O homem escuro, em seus 1 metro e 93, de postura incisiva, pelo jeito era rei antigo.

— Eu não quero viver esse terror! – TioZito grita como se o homem quisesse mesmo ajudar.

— Cale a boca, rapaz! – brada o homem escuro, que lhe faz cair de joelhos.

A cabeça do jovem em seguida deita quase automaticamente no pé do homem, que continua.

— Respeite um rei antigo! Falar alto não vai te fazer falar nada. Falar menos vai te fazer mais.

O homem começa a balbuciar algo tão pausadamente, que vai do devagar para o rápido em milésimos de segundos, parecendo um ijexá cuja profundidade estética se confunde com os barulhos cintilantes de uma patuscada, com dizeres "moriô, jocôô, baba kiloxê, babá".

Depois disso, após o som ser quebrado por um silêncio quase real, ambos ficaram em silêncio, até que o homem escuro, olhando ele quase chorando por aquele sufoco, quebrou o silêncio.

— Tem muita coisa que você precisa descobrir, mas você não tem tempo. Então, você vai descobrir tudo do rio.

— Quem é você? Quem é babá? – TioZito se refere ao que ouvia até agora há pouco.

— Babá é um velho contador de história que já viveu tudo desse mundo. Babá está aqui pra te ensinar a confundir os homens como tu, e os homens que não são como tu.

— Como assim?

— Onde tu passar, indo atrás dessa história que começou essa semana, tu vai matar todo mundo porque os homens de Israel virão cobrar, e vão cobrar de ti e de todos que estiverem contigo. Eu só vejo sangue em ti.

— E o que tenho que fazer? – TioZito parece agora mais aflito do que o início da conversa.

— Tu vai subir o rio. Tu vai peregrinar o caminho do rio. É a única forma de tu se salvar.

— E pra quê?

— Tu vai descobrir de onde vem cada rio. – O homem começa a se afastar dando uma gargalhada bem debochada na cara dele.

— Pra onde vai?

— Vou me manter vivo porque se ficar perto de tu, até o vento me ouve e vem me matar.

O homem escuro vai se afastando, rindo e gargalhando como quem numa pilhéria, canta e dança na cara do inimigo.

Como que num vulto gigantesco, os ventos levaram aquele homem preto imenso sem que TioZito percebesse para onde ele ia. Com sua enorme curiosidade que tudo quer ver, ele não viu nada, senão um vulto preto muito poderoso sumindo de uma hora para outra.

6

A FUGA

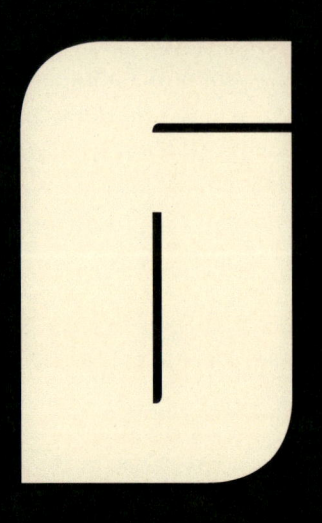

Fugir nunca era o melhor. Com as cidades vigiadas por máquinas com internet, o espaço aéreo cada vez mais restrito, e com esses seres trafegando como se fossem radares militares ambulantes, não havia como fugir tanto. Qualquer mínima passada perto de uma rodovia naquele momento podia permitir identificação por um daqueles drones equipados com armas na identificação dos rostos.

Tudo era controlado pelo mercado. As grandes corporações pagavam até o triplo pelo sistema de vigilância vindo de Israel. Qualquer coisa era motivo para que o mercado expedisse papel moeda o suficiente para controlar o ranqueamento de qualquer coisa, inclusive da vida. Como se não bastasse qualquer coisa, a caçada de fugitivos era premiada. Qualquer vizinho de Rita que visse um dos acusados podia receber, e muito bem, para entregar a cabeça dos mulambos, como eram chamados aqueles que fugiam do profícuo sistema.

Como se não bastasse isso, havia crimes menores que eram entregues justamente num mercado paralelo orientado por startups prisionais. Essas eram responsáveis por fazer um dado sujeito, geralmente sem-cor, pagar com trabalho forçado na estrutura fundiária, ou no arrazoado de uma grande empresa. Não raro, as empresas ou indústrias apenas eram chamadas de fábricas de cansaço porque nada produziam, e só serviam para o mercado financeiro lavar dinheiro e contribuir com a especulação de uma quantia que entrou por fonte não conhecida, e que foi declarada como certinha nas instituições de regulação.

Eram muitas instituições de regulação, e eram elas que cuidavam daquele mercado. Em suas corporações originárias, sempre sobrava a presença de gente enviada pelos altos executivos de cada coisa que se produzia ou se especulava. A segurança virou uma indústria à parte, como se as mortes valessem por cabeça. Mercados, de quando em quando, entravam em choque.

Startups conhecidas por trabalharem única e exclusivamente com presos terceirizados para fábricas de cansaço, ou para morrerem carregando pedra, ou mesmo na colheita do cacau de enxertia 3.7, brigavam na justiça pelo fim das mortes de criminosos que ainda nem haviam sido condenados. Isso porque começou um desequilíbrio econômico no grande mercado de seguros ligados à produção das fábricas de cansaço que, ao não produzirem, precisavam de um seguro específico protegendo o bom negócio do risco financeirizado.

Essa era a sorte de Maria Raimunda, Rita e TioZito naquele momento. Nesse mesmo instante, as agências nacionais de regulação, que nada regulavam, sofriam um enorme boicote das empresas de cansaço, que pressionavam por menos mortes para terem mais funcionários. O baque foi tão grande que o corpo de Zelezim foi cremado, e a obra de investigação de fato foi aberta, mas não havia fonte de execução registrada. O velho não foi morto por ninguém, e jamais no mundo alguém saberia o papel dos mercenários nessa história, dos Bandeirantes e da ratataia que há muito tempo assola aquelas gentes.

TioZito acordou disposto e contou o que sonhou. Foi muito difícil para Rita, uma agnóstica bem resolvida, achar que era mais do que imaginação. Como gostava também de Zelezim, que foi amigo xoxoteiro dela no passado, ela incentivou a fuga e disse que realmente não podiam estar ali por muito tempo.

A casa onde morava era um pouco afastada das demais da fazenda Mocambo. Ao lado direito havia uma Palavra, esta árvore imensa, onde todos se sentaram para conversar no café da manhã com milho assado e mingau de puba. Foi ali que TioZito, contrariando Maria Raimunda, disse que partiriam dali em instantes.

— Mas você precisa aprender a falar!

— Não fico aqui, titi. Madinha e eu pegou a cartilha. Estudaremos sempre no caminho do rio.

— Mas pra pegar o rio tu precisa voltar, e muito.

— Vamos voltar sim. E vamos voltar pra pegar o caminho certo.

TioZito e Maria Raimunda se prepararam para ir. Já na colina, indo em direção a uma manga – forma dos antigos chamarem um pasto que antigamente servia de refúgio dos bois –, Rita de Cássia gritou:
— Tizio!
— Espera, TioZito, é sua tia – diz Maria Raimunda segurando ele.
— Que foi, tia?
A senhora, como quem procurando forças, e ainda ofegante, brada:
— Eu vou com vocês!
— Mas, tia, a senhora já não tem mais ida...
— Nem acabe essa frase, mulambo. Só eu, com esse galho de Palabra – ela tinha um galho da árvore na mão. – posso servir de proteção para vocês. Minha sabedoria também vai, embora meu corpo queira ficar. Também, meu filho – ela começa a fazer uma cara triste, como quem vai desembuchar algo –, desde que perdi Jessé, não penso mais em nada além de saber a história de tudo isso, nem que custe minha vida. Eu vou com vocês, sim.

Como quem carregasse uma capanga, ela entregou uma sacola dessas de melhor revestimento para Maria Raimunda. Dentro da bolsa havia comidas e mantimentos primários, como água e biscoito pocazói. Coisas preparadas por ali pela manhã serviriam para comerem nas próximas horas, como um cuscuz de farinha de puba, um bolo de farinha flocada de cuscuz e umas bananas da terra fritinhas, como TioZito amava.

TioZito usava agora novas vestes e uma peruca de cabelo liso, que era para disfarçar melhor os traços sem-cor. Por cima da peruca usava um chapéu para se assemelhar aos milhares de jovens com-cor, que frequentavam bodegas de chiqueza e qualidade das grandes cidades.

Rita de Cássia se despediu de Sorrene, que chorava copiosamente, enquanto quase mancava em direção ao casal, que a esperava. Eles já tinham em mãos roupas de cama. A menina ficou com o celular da matriarca de criação, já que caminhar com esse tipo de tecnologia podia ser a forma de ser seguido com maior facilidade.

Saindo dali eles tinham direção certa: o sentido oposto da cidade. Com isso precisavam andar dias e dias, sempre parando nas beiras para pedir esmola aos seus iguais e aguentar os rechaços, já que as gentes não suportavam pedintes horrendos de beira de estrada. E assim fizeram. Partiram numa ida sem volta, sempre mendigando pratos de comida nas comunidades ribeirinhas que, por não mais pescarem, tinham que dividir suas comidas enlatadas com aquela gente pobre e esmaecida.

Sempre quando precisavam dormir, o tempo era o melhor dos amigos. Rogavam para que não chovesse, e como se aquilo fosse um pedido pouco tranquilo, sempre chovia um pouco antes do dormir e estiava durante a noite que era, enfim, não tão fria, mas também não tão quente.

Por sorte havia sempre uma Palabra. Era sempre debaixo daquelas senhoras gigantescas árvores onde se arredondavam os poucos pássaros, ao invés de drones, que eles podiam se encostar como uma tarimba celestial.

Em Sambaituba, que ficava antes de Aritaguá, ruas tiveram que ser interditadas em certa época porque tinha mais Palabras que gente. O leito do rio misteriosamente atraía aquelas árvores gigantes e misteriosas.

Antes de chegar no próximo vilarejo, tiveram abrigo de uma senhora católica num distrito muito pequeno nas beiras das margens da cidade vizinha. Ficaram ali por dias até Rita descansar melhor. Senhora com mais de 60 anos, ela era a voz da experiência dos três. Dona de um cabelo crespo, que passava religiosamente para, segundo ela, continuar vivendo numa sociedade dos com-cor, Rita aproveitou aqueles dias para transmitir aos dois suas grandes experiências do passado. Ela já tinha sido presa e fichada simplesmente por sair na rua em manifestações quando ainda havia possibilidade de sair sem vigília dos drones.

Foi no décimo quinto dia de caminhada que avistaram luzes lá embaixo, e puderam entender que ali havia coisa grande.

Esperaram o dia amanhecer numa manga mal roçada. O dia finalmente veio para mostrar lá embaixo as correntezas gigantes e bravas, mas sempre vermelhas, cortando aquela região. Era o rio.

— Tá mais vermelho! – disse Maria, quebrando o silêncio.

— Precisamos passar pro lado de lá, TioZito – disse Rita de Cássia.

De fato, o distrito ficava do lado de lá do rio. Mal sabiam eles que havia uma travessia. Um certo senhor cego realizava o serviço por dinheiro, mas a própria Rita o chamou num canto e lhe disse algumas coisas inaudíveis para os demais. Eis que o homem amoleceu o coração e resolveu atravessar com eles.

— O senhor mora há quanto tempo aqui? – perguntou Rita.

— Desde que fiquei cadoca. Aprendi a ouvir o rio pra fazer esse serviço. E vocês, de que arada vêm?

—A gente tá à procura de um emprego! – diz TioZito, incisivo.

O homem toma um gole d'água e afunda com mais força o remo no rio.

—Aqui é bom de serviço. O povo gosta. Mas tem que ir preso e ir pra zona das pedra – responde ele.

— Tem presídio aqui, meu bom senhor? – pergunta Maria Raimunda, com cara de preocupada.

Ora, era a última coisa que podiam esperar naquela fuga. Se houvesse presídio haveria toda sorte de vigilância e eles estariam mortos.

— Eles num fica aí.

— Eles quem? – pergunta TioZito.

— Os Gambé. Só uns Cota mais velho, mas eles controla tudo que nem precisa de tecnologia. Nossa vila não tem muito acesso a nada, porque o povo acha que é mais rentável se esconder dos planetas que nos vigia.

— Entendi – diz Rita, em voz estratégica e resolutiva, enquanto eles se entreolham.

A travessia foi calma, embora algumas partes do percurso em meio à correnteza sempre os assustassem. O rio vermelho tinha uma bacia impressionante.

Ao chegar na vila, eles logo perceberam que lá havia uma Palabra imensa no centro. Ao contrário de chamar essa árvores de Palabra, diziam que aquela árvore se chamava mesmo Mutuns. O Mutuns era velho. Quase 80 anos.

Os três se instalaram ali mesmo na praça, embaixo da árvore, até que as pessoas começassem a se preocupar com aquelas presenças.

Uma mulher de 80 anos, também doca, se aproximou lentamente e lhes disse:

— Me acompanhem!

Eles acompanharam ela até a beira do rio imenso. Ela os ofereceu de comer. Havia no cardápio um peixe fresco bem bonito, com uma massa de aipim e um arroz em pó desses que são vendidos no mercado. É lógico, supunham eles, que aquele peixe não tinha sido pescado no rio, já que era impróprio para pesca.

— É pescado aqui mesmo? – pergunta Rita.

— Onde mais, minha irmã?

— Mas o rio não é poluído? – pergunta Maria Raimunda, olhando meio assustada para todos.

— Minha filha, poluído de quê?

— Sujeira, lixo, sei lá…

A senhora fica exaltada, pega um pedaço de vara e vem em direção à Maria Raimunda:

— Olhe, minha filha, isso é sangue sim. Mas de nosso Senhor Jesus Cristo. O respeite!

Gélida e calada, Maria Raimunda pede desculpas pela sua ignorância. A senhora acreditava mesmo que o monsenhor, nosso senhor Jesus Cristo Nazareno da Judeia tinha sido sacrificado, e que o mundo todo estava ficando vermelho para que houvesse uma lembrança e dedicação em homenagem àquele árabe de tão distante. Naquela mesma noite Rita ficou na sala com a velha, enquanto viam TV, Maria Raimunda e TioZito descobriam um mato ao lado do rio.

Não só entraram no mato, mas passaram a pilheriar naquela altura da noite. Brincando e sorrindo, o olhar deles se alcançou por um instante.

— Então tu era chamada de Maria Imunda na escola? – pergunta ele.

— Antes fosse na escola só. Sou fia de Tõe de Bigiga. Todos odiavam meu pai...

— Não fala essas palavras... Lembra da lista? – repreendeu ele.

Ele falava de uma lista que, durante o tempo que estavam nas matas, Rita tinha entregado aos dois. Era um conjunto de falas e textos proibidos, que podiam ser identificados facilmente à longa distância pelos tais drones.

— Mas é que esse era o nome do meu pai. Não tem como dizer outro nome.

— Certo. – Ele finge que concorda.

Os dois, Maria Raimunda e TioZito, voltam a se olhar em silêncio.

— Nem vem. Eu sou puta, mas não sou maluca. Eu sei que tu gosta de comer macho.

— Só com-cor. Sem-cor não peguei não – responde ele. – Só fêmea.

— Não pode falar dois "não" na mesma frase. Esqueceu? – diz ela rindo, enquanto puxa um papel do bolso.

— E fuder, pode? – brinca ele.

— Vou pensar no seu caso – diz ela sendo puxada por ele.

Os dois passaram a se beijar ali mesmo. Enquanto entardecia, eles tiravam a roupa e passaram a gemer sem parar, como se um estivesse machucando o outro. Ele, além de penetrar diretamente nela, ainda batia insistentemente nas nádegas como se fosse num filme teratológico. O terror de antes se construía agora numa cena de profundo prazer em que, penetrando de diversas formas, ele se preocupava em passar a mão, sempre rija, nos seios e na vulva, formando uma dimensão estética com o próprio dedo cirúrgico. Ela, por sua vez, simulava desde sons estranhos até grunhidos, que insistentemente pareciam mais se confundir com os saberes e dizeres da natureza ao redor.

Cá na sala, entre senhoras, Rita cochicha para a velha doca de um olho.

— Sabe o que a gente ta fazendo aqui? – pergunta Rita, cochichando.

— Sei. Eu faço minhas coisinhas e senti você. Algo bom não é.

— Estamos procurados por algo que não cometemos – diz ela.

— Você sabe – diz a velha, pausando. – Que eles não desiste de procurar. E não acharam vocês ainda por causa dessa briga d'Os Israel com as fábricas de cansaço. Eles suspenderam tudo. Vocês têm uma semana aqui e nada mais porque eu não quero encrenca com Os Israel. Se vocês ficar aqui vai encher de gente e drone. E aí o povo entrega vocês rapidinho.

— Eu preciso telefonar pra alguém.

— Só se tu inventar nome falso. – A velha diz decidida.

Rita se aproximou do telefone e discou o número de um orelhão que havia na mocambo.

— Cadê Sorrene, Nininha? – A outra atendeu do outro lado.

— Quem é?

— Quem é não importa. Responda sua senhora.

— Indagaê, minha tia. Sorrene foi achada toda cortada na presa.

Rita deixou o telefone cair e desmaiou na hora. Era, por um acaso, o momento em que o casal estava chegando. A mulher não teve nem tempo de sofrer.

De fato, a menina havia sido encontrada toda cortada na presa poucas horas atrás, e os olhos já estavam esbugalhados, coisa de um instante. Como se soubessem exatamente como se faz uma cesariana, quem a cortou fez uma imersão parecida no estômago da menina, mas lhe tirou o ovário. A boca, sem marcas de resistência, estava colada com cola maluca.

Os dias que se passaram foram cruéis. Rita se misturou às velhas pescadoras das porcarias do rio, senhoras bruxas que acreditavam que, no meio daquele tormento disfarçado de paz, os seus cinismos iriam encontrar acalanto nas águas vermelhas que acreditavam ser o sangue puríssimo do imaculado Jesus Nazareno da Galileia, um senhor que aventurou há muito tempo as cismas de sua humanidade conturbada, por onde passou provocou mais não ditos do que ditos, ficando mais famosos que os próprios ditos.

Rita sabia que aquele sofrimento nunca iria passar. A menina, muito nova, era namoradeira, dessas que estão ainda descobrindo as vicissitudes e os descalabros de se conhecer um homem. Muitas vezes ela tentou chamar atenção com jeito, da forma de não trair seus próprios ideais e sua própria história libertária e corajosa. Mas ela também sabia que Sorrene não ia se prender em casa por causa de um conselho seu. Seria necessário que ela aprendesse a se proteger da vida como os demais, com bastante cinismo para poder esquecer sua história e tudo aquilo que sabia do passado para, com isso, continuar vivendo moçoila bonita e arrasante. Ela, porém, sempre foi faladora, apesar de se calar com a presença de pessoas estranhas. Adorava contar tudo que sabia para todos, num ato de não se conter. Como se aquilo fosse fofoca, as pessoas ficavam horrorizadas, já que uma moça de bem não pode se dar ao luxo de sair por aí inventando histórias e historietas. Muitas das quais, segundo sabemos, não são mentiras, como aquelas que relatam quem dormiu com quem e quem traiu quem. Sorrene, porém, era muito jovem e, ainda assim, era julgada como se velha fosse, como quem já estivesse pronta para se apresentar mulher pros outros. Um tal Edson, das Cajaíbas, foi seu primeiro namorado não oficial. Diferente dos demais, que ela conhecia e que lhe queriam, mesmo sendo casados, esse ela não sabia quem era. Veio de longe e se mudou para perto da Mocambo, passando a trabalhar com as raras colheitas do interior. Ela não só se envolveu, mas aceitou o convite dele para passear longe de casa. Foi a primeira vez que vimos Rita ficar bastante zangada com o sumiço dela, já que chegou em casa e não a encontrou e nem sinais de para onde teria ido.

Coube a uma vizinha, dessas que ficam nas portas olhando a vida de todo mundo, a informação crucial de que ela teria acompanhado um certo homem alto e magro a uma roça na direção leste, como quem vai para a antiga Água Preta.

Na época Rita teve um pico de pressão, coisa que raramente tinha, já que era muito controlada nos seus hábitos alimentares. Apesar da comida enlatada e processada ser a lei dos centros urbanos, ela podia viver onde havia ainda uma possibilidade de orgânicos, já que era terra arrasada e não controlada totalmente pelas forças da comissão gestora nacional. O solo era mesmo mais infértil, desses que no passado eram devorados por plantações inteiras de eucalipto encomendado no mundo internacional. Porém, havia em alguns lugares um resto de solo de antigamente, que o povo usava como forma de plantar banana da terra, milho e mandioca, de onde se fazia um bom bolo de aipim, um mungunzá de milho branco e uma farofa de banana da terra. Isso também provocou a diminuição das festas, que antigamente eram tantas, mas agora se restringiam à comida bem feita, os mingaus de milho, o bolo de fubá, que vinham da resistência da própria terra.

Depois disso Sorrene voltou para casa, mas ficou muda por dias, sem conseguir contar para Rita o que tinha se passado com esse tal namorado. Certa de tudo, Rita conhecia menina moça ao ponto que podia pressupor que ela não sabia o que era uma relação de conjunção carnal e deve ter resistido, não sendo mais possível. Os sangramentos foram aos poucos passando e ela não queria saber mais de homem como antes, até recuperar a sua gestão de menina, que supera o insuperável, a vida.

Porém, o seu cinismo não foi suficiente. Ao ter aparecido morta, refletia Rita – na beira de uma canoa enquanto olhava as velhas, a doca e outra pescarem – é provável que Sorrene não tenha conseguido usar o silêncio e o tempo a seu favor. Nem todo mundo é dado de cinismos a ponto de fingir que não sabe o que está se passando neste tempo em que as gentes caminham como folhas secas na vida. Mas Sorrene, ainda jovem, mulherizada desde cedo, não aguentou porque a potência do seu jeito, seu corpo, sua alma queriam contar, e ela deve ter contado o que não se conta. Apesar disso, a culpa era dela mesma: Rita. Ela deixou a menina só. Uma criança, enquanto fugia nas aventuras ridículas de dois jovens que, fugitivos de alguma coisa que só eles mesmos sabiam, foram se resignando a contar pouco sobre o seu cinismo de sem-cor. Rita era a culpada. Abandonou uma vida pacata de desamparo e silêncio para começar dar a entender de que sabia de tudo, das coisas da vida e do mundo que a trouxe até aqui. Ela chorava agora, já com a mão na testa, porque era de fato a culpada por não ter esquecido de quando Jessé sumiu, e não ter superado de fato uma história que aprendeu a guardar no lugar mais recôndito do cérebro. Fugiu atrás de seu Jessé, e perdeu a menina a quem vinha ensinando as coisas que aprendeu da avó.

De quando em quando ela era acordada de seu sofrimento por alguma velha que pegava um peixe. Dessa vez foi a doca. Por algum motivo, os peixes sobreviviam àquele caos e, uma vez ou outra, um ou outro aparecia na rede. O gosto daquela porcaria não era de todo ruim. Cuidado com muito esmero, com um banho de vinagre e sal, pré-temperado com limão, eles eram tratados geralmente ali nas proximidades do imenso rio vermelho.

Do lado da terra, TioZito e Maria Raimunda não podiam fazer grande coisa. De longe, sempre viam a mulher jogada, sofrendo sem parar. A velha senhora doca se compadeceu. Deixou que eles ficassem um pouco mais lá. Como acolhedora de toda horda de criminosos, ela apenas pediu segredo sobre algumas coleções misteriosas que guardavam num quarto do fundo. Essas coleções jamais foram vistas por eles que, temendo o limite entre o segredo e o sagrado, e por serem cínicos, não ousariam olhar para que sua permanência não fosse alterada e a paz social reinasse.

A mais difícil notícia para Rita foi de como a morte aconteceu. Ela soube que numa noite a menina saiu surtada gritando de uma ciranda e ninguém a viu depois disso. Mas há outras fontes. Uma delas é que foi dia de festa dos donos com-cor da fazenda, e ela foi seduzida por um tal convidado. A pior notícia é que ela tinha na boca a mesma marca de Zelezim: uma cola.

— Eu sei o que você deve estar pensando – diz TioZito a ela, na beira do rio.

— O que você sabe da vida, TioZito? Quando você nasceu eu já era jega. – Ela completa. – Quem matou Zelezim, matou ela e está vindo pra nos buscar.

— Não por enquanto, dona senhora – diz Maria Raimunda. – Até que o governo decida quem vencerá a peleia que se entorna entre os das fábricas de cansaço ou Os Israel.

A tal peleia durava, e era o certificado de existência deles. Se tivesse finada a greve nacional do sistema de fábricas de cansaço contra o sistema d'Os Israel, a essas horas eles já estavam no fundo do rio, onde moravam os grandes segredos daquela época. É fato que aquelas mortes tinham algo entre elas, senão pela barbaridade e mesmos traços, ou pela insinuação de que a justiça não obedece aos muros da legalidade, e se contorna fácil em justiçamentos milicianos aqui e acolá. Como a justiça perdurava ali, mesmo com Os Israel, boa parte dos Cota eram realmente mandados, faziam e desfaziam com a maior rapidez possível, e cumpriam promissórias caras de gentes que deviam ao fisco das riquezas produzidas e concentradas dos com-cor.

— Meu deus, por que tanto sofrimento? – disse Rita, colocando as mãos sobre a cabeça e chorando sem parar.

Naquela noite ela recebeu visita. Quando acordou, ela estava num mangue. Tudo turvo e cheirando a sangue, em sua frente, de repente, apareceu uma velha. Com um cajado enorme, sempre altiva como uma soberana de outros tempos, a senhora olhava com cara fechada para ela.

— Quem é você? O que tá fazendo aqui? – A voz de Rita parecia seca, como quem não vê um gole d'água há dias.

— Tu devias me perguntar por que sou escura e tu clara?

— Por que você é escura e eu clara?

— Porque tu fala e acha que essa tua fala vai te salvar dos microfones que te ouvem? Eu te ouço e eles te ouvem, minha senhora. Tu não vai sobrar.

— Mas me ajude, dona senhora.

— Tu que tomou a decisão. Há muitos anos tu tomou a decisão.

— Mas se eu não tomasse com certeza seria eu a próxima.

— Venha cá – diz a senhora preta, alta e altiva.

Era uma velha escura enorme que, embora a altivez, era corcunda. Nos interiores do mundo há muitas dessas velhas altas que ficam corcundas, mas não são altivas justamente por sua falta de postura. Aquela não, tinha uma postura incisiva e gigante que, ao mesmo tempo, era acolhedora e sabia falar aos homens as poucas verdades que eles não conseguem tirar de dentro de si.

— Tu e eu sabemos que tu está nessa jornada porque teu passado está te reencontrando, né? – A velha recomeça.

— Eu sei e quero pagar por isso.

— Não, lambona. Tu não precisa pagar por ele. Tu precisa é pagar o que ficou devendo de salvar nele. – A velha fala em tom compreensivo, baixo, com palavras aprumadas. – Teu Jessé morreu na mão d'Os Israel. O Israel que era teu filho. O Israel que era teu homem.

— Por favor, não lembra dessa história – suplica Rita. – E não fale essas palavras proibidas porque mais hora menos hora, essa crise acaba.

A mulher ri de lado e ironicamente. O sorriso dela parece rasgar Rita por inteiro que, não tão desesperada quanto TioZito ficaria, ainda estava assustada daquela senhora saber tanto de seu Jessé.

— Essa crise não vai acabar nunca pra tu.

Rita então se levanta, bem devagarinho, e ambas ficam num silêncio sepulcral.

— Amanhã cedo tu vai subir o morro e olhar lá de cima para o leste. – A velha continua. – O que tu vai ver lá só tu vai saber. Vai primeiro sozinha e leva os teus depois de ter ido.

Não se sabe quando e como, aquela visagem passou com a própria Rita aparecendo sentada na esteira, ofegante e cansada, como quem levou uma surra de fedegoso.

Naquela mesma noite, depois de ter acordado, Rita se prostrou a chorar por Sorrene e a pensar como conseguiria subir um morro naquelas condições. Não só subiu, como ainda foi durante a noite. Demorou quase umas duas horas. Chegou, finalmente, a uma clareira lá em cima, que era a posição mais estratégica. Na posição de onde olhava havia muitos Mutuns.

Foi ali que colocou em prática os saberes da velha. Do alto pôde ver, ao longe, caminhões e caminhões chegando numa área. Abatida, mas preocupada, ficou ali por quase uma hora. Quem sabe se foi poucos ou muitos minutos, que no fim se pareciam horas. Enquanto os caminhões se aproximavam, ela abaixava e logo depois podia ver uma coisa pingando sem parar dos caminhões. Era sangue. Ali parecia estar a chave de tudo. Embora já soubesse de segredo e de cinismo, era a primeira vez que enxergava, na luz noturna, uma pingueira do caminhão, que não era fluido, mas um líquido grosso e escuro. Tinha certeza de que era sangue.

Não aguentou ver aquilo sozinha. Demorou, talvez, menos tempo para descer e ir em direção à casa da doca. Achou TioZito na rua. Ele estava indo para a construção onde tinha arranjado um bico de quebrador de pedras. O bico era noturno, já que durante o dia era privilégio encontrar trabalho. A noite era sua guia porque os dias eram voltados para Gambé e sua laia, as gentes que, não podendo ser presas num país que não prendia, mas matava, viviam por puxar o saco de gentes das fábricas de cansaço que, ex-presidiárias, passaram a explorar os pequenos negócios. Os Cota indicam alolé a todo aquele povo de sua preferência, mas eles não podiam se candidatar, já que eram criminosos procurados e hostis da pior laia. Ou seja, não podia acompanhar ela na lida de volta ao alto do monte. Era muito longe, aliás, e ele, que a tratava como mãe na comunidade, inventou uma desculpa de que ela ia ficar toda arrebentada, já que, embora com espírito jovem, já apresentava sinais de exaustão da idade.

— Jesus, Jeová, Jireh, nosso senhor. Que menino difícil.

Ela então teve que convencer Maria Raimunda a ir lá com ela. Subiram com mais precisão já que Rita, ao ter ido, já sabia bem o caminho com atalhos. Ambas, no entanto, passaram prostradas numa moita por quase duas horas e nada viram. Ela então entendeu o recado no sonho. Tinha que ser de manhã e bem cedo.

Foi no outro dia quando TioZito, ainda um pouco sonolento, resolveu acompanhá-la. Foram, então, os três. Já calejada e sem ter dormido, levaram ainda menos tempo. De longe puderam ver a cena chocante. Os caminhões depositavam milhares, senão milhões de corpos num dos lados do rio. Os corpos ensanguentados de envergadura escuro-vermelha vinham em enorme velocidade por caminhões superpotentes que suportavam qualquer atoleiro. De longe não era possível aferir cor dos corpos, já que o sangue cobria qualquer criatura que ali estivesse sendo transportada.

Calados e derrotados, eles apenas se olharam.

— Tem algo muito estranho nessa história.

— Eu acho que temos que desistir – diz Maria Raimunda.

— Ficou doida? – diz TioZito. – Se tu se aproximar de Ilhéus, tu vai receber uma rajada. Eles não vieram ainda porque não vão receber bronca de procura fora da cidade. Mas se tu se aproximar, tu não dura.

Pela primeira vez Maria Raimunda estava esboçando uma verdade que transplantava qualquer cinismo até ali. Ela falava uma verdade daquelas de quando queremos rumar no mundo com liberdade e sem aprisionamentos. Chocada, olhava incrédula a cena secreta que nem seu corpo, sua alma e muito menos seu coração podiam guardar.

— Eu não sei. Isso não é coisa boa – diz Maria Raimunda desesperada.

— Maria – diz Rita. – Essa semana inteira nós passamos unidos. TioZito arrumou emprego. Tu já está de andar com as pescadoras. Fica quietinha até essa história toda da greve se resolver.

— Não sei. Estou muito assustada. Eu quero voltar – diz ela tanto metódica quanto incisiva.

TioZito a abraçou por trás. A essas horas Rita já tinha sabido do caso. De fato, ela sacou o caso desde o início, mas não quis dizer nada. Ele passou a lhe dizer coisas mansas, coisas boas deste tempo que só se pode dizer no ouvido, de um jeito fundamentalmente terno quanto estrategicamente contido num monolinguismo vulgar.

— Vamos pensar melhor – diz ele.

Em silêncio, ela só sabia olhar a plenitude vermelha do rio se avolumando.

~~~~~~

Uma fábrica de cansaço era algo relativamente misterioso para a maioria da população. Só se sabia que as empresas que cuidavam dessas fábricas em todo o território nacional eram as mesmas que outrora passaram a gerir o novo modelo de previdência privada. Acabou chegando um momento em que o próprio modelo não mais se sustentava.

Quase nada se comentava, sempre se sabia de um Zé fulano, normalmente reconhecido também como Gambé, ainda que não fosse da carreira d'Os Israel, que era prestigiado por trabalhar numa fábrica de cansaço. Quase nada se sabia dele. Como um caixeiro viajante, era alguém que quase nunca se via no bairro. Sempre se suspeitava bastante de que um certo Zé montou uma padaria no Pedro Jerônimo, que passou a gerar muito lucro milagrosamente. A família logo parava de frequentar os compromissos sociais dos sem-cor, e se trancava numa vida cheia de rituais. Era assim uma carreira de alta respeitabilidade e de silêncio, ao mesmo tempo.

Já há quase um mês, mesmo com a crise entre as fábricas de cansaço e o governo, eles, Rita, TioZito e Raimunda ainda estavam na vila. Era uma forma de acompanhar como sua perseguição podia melhorar ou piorar. A pressão do governo se dava por ter gastado o suficiente com armas de última geração e drones que tinham uma enorme capacidade de garantir paz social.

Os Israel, por exemplo, não eram uma força tão velha. Eles surgiram justamente para garantir a paz social. Como se não houvesse outra forma, eles passaram a ser treinados nos circuitos de elite, e não precisavam mais ter que tripular as armas e drones. Tais como os trabalhadores de fábricas de cansaço, que gozavam de certa respeitabilidade, mesmo com seus segredos, Os Israel também eram altamente respeitáveis. Mas eles não precisavam se esconder. Tinham uma carreira mais ou menos clara em uma das agências que serviam à segurança nacional. Eles também eram chamados de Gambé, muitas vezes pelo passado, já que foram selecionados na ratataia da baixeza das populações mais assassinas, mas o nome mais conhecido era justamente como Cota. Quase sempre, ao contrário daqueles que serviam às fábricas de cansaço, eram com-cor.

Já há muito tempo na vila, os três personagens passaram a conhecer cada um e cada uma. Não havia nenhum Israel, já que todos foram aquartelados só nas capitais, esperando a ordem principal de continuar protegendo aquele pobre país desprotegido. Mas TioZito também desconfiava de um Gambé das fábricas de cansaço. Foi informado de que havia um certo homem nativo, parente de uma Marisa Cu de Pito, a quem renegou porque ela fazia vida no baixo meretrício na beira do rio vermelho.

Nessa época os três já moravam nas casinhas, perto da beira do rio. A velha doca foi muito gentil e legal como, aliás, tinha sido com hordas anteriores que por ali passaram, como assassinos violentos, vigaristas de outros tempos e meretrizes dos grandes clubes da cidade que, aprisionadas e prostituídas, viam nas pequenas vilas uma possibilidade de fugir e se esconder.

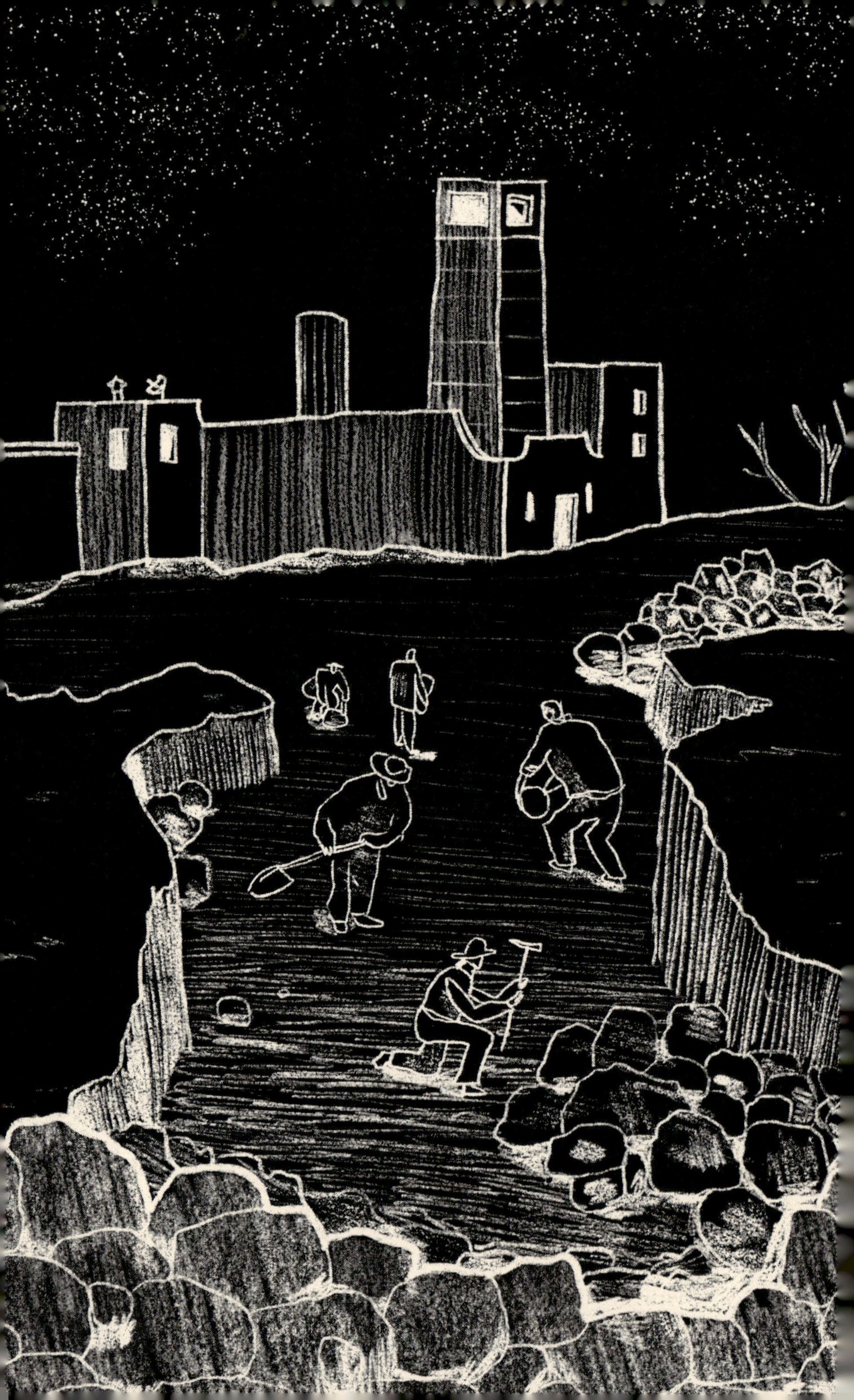

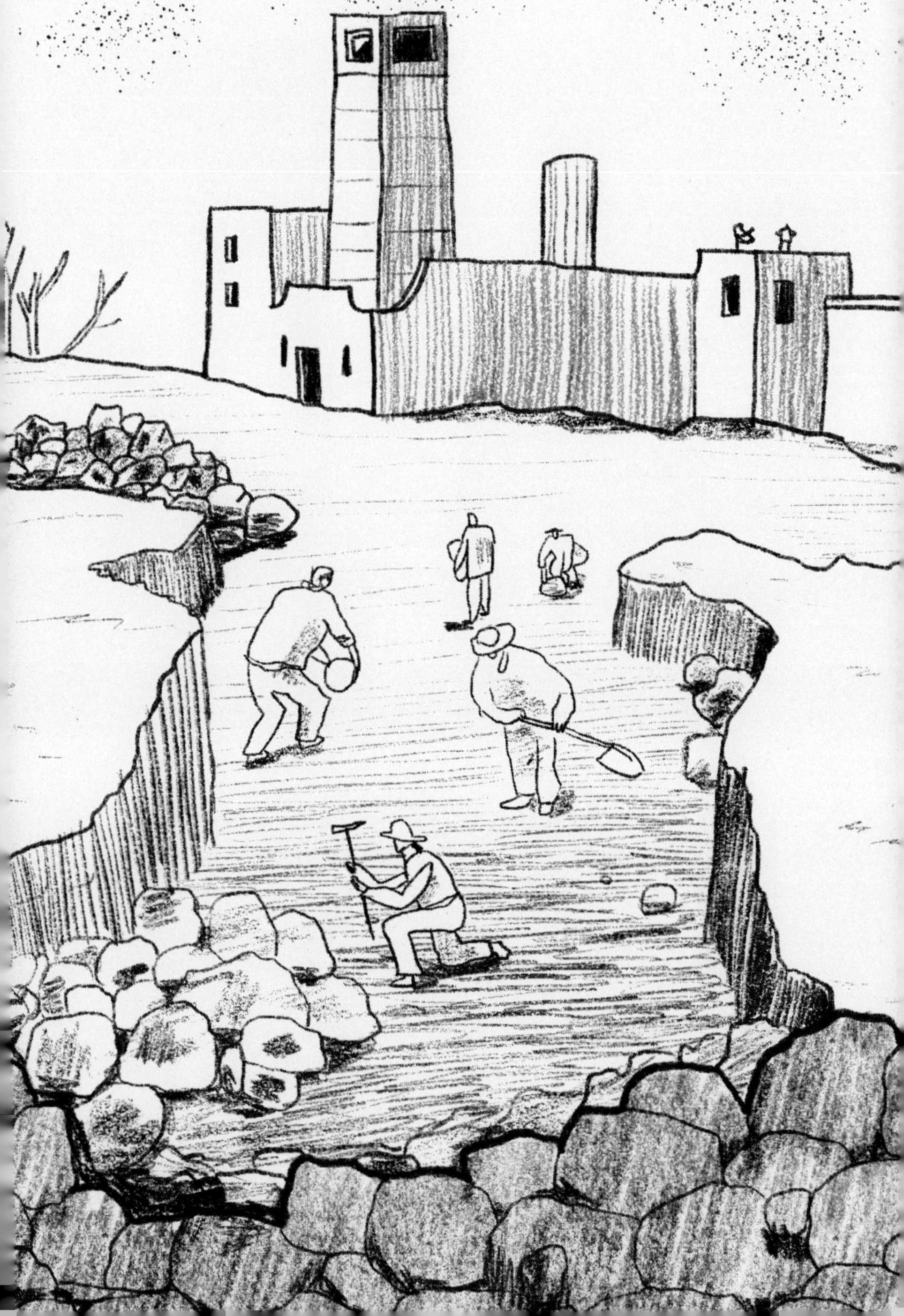

Naquele dia, que era uma quinta de manhã, o café era um mingau de fubá de milho bem amarelo. Enquanto TioZito tomava café, sua quase-mulher estava na rua tomando boca com as pescadoras, que se preparavam para mais uma jornada. O mingau estava delicioso, o gosto lhe invadia a boca e a quentura era exatamente algo que combinava com aquele gosto orgânico de milho, um resistente dos nossos tempos. Rita de Cássia estava no fogão fazendo banana da terra, comida que TioZito preferia.

— Então tu vai ter que ficar de olho nele!
— Sim – confirma TioZito. – Vou ter que ficar de butuca nele.
— TioZito!
— Já sei, Rita! Não pode falar essa merda de palavra. Não se pode falar nada nesse mundo.
— Está proibida, e tu e Raimunda já faz tempo que estão sem falar as palavras proibidas. Falando nisso, vai observar o tal homem hoje?
— Sim, tia. Soube que ele dá a bunda. Opa, dá o cu. Esqueci que não pode falar – ri. – Soube que ele pega um com-cor que mora no Areal de Baixo. Vou botar pra observar.

Um mês depois e eles entraram num sistema psicológico muito comum a quem viu certas coisas que não era para ver. Ainda não tinham se recuperado daquele dia, ao alto, quando viram o que acontecia em uma das margens do rio. Antes de correr e denunciar, ainda que não pudessem mesmo fazer isso, eles apenas se emudeceram. Rita pediu que eles levassem um tempo estudando mais.

Ela aproveitou esse tempo para viver seu luto. A maneira como Sorrene tinha sido eliminada foi muito trágica e não se podia explicar porque, em plena crise de mercado de segurança, a menina tinha sido ceifada daquele modo. Por isso, precisavam olhar de perto os Gambé e Cota, porque os P2 podiam ser infiltrados em qualquer lugar. Poxa, pensava ela, era uma menina lavadeira de roupa de ganho que jamais poderia incomodar um sistema inteiro.

Nem bem TioZito saiu, ela recebeu uma fulana que morava na casa do lado.

— Madame senhora, madame senhora!
— Já vai! – diz ela se dirigindo até a porta.
— Ligaram agora pro orelhão, madame. TioZito tá aí?
— Fale logo, menina.
— Zumira, mãe dele. Disse que foi encontrada na beira do rio degolada.

Rita caiu no sofá e, como se estivesse falando do futuro quase certo dela mesma, passou a chorar sem parar e gritar pelo nome da amiga de tantos tempos. Zumira não era parenta de sangue dela, mas era mulher de seu finado irmão. Mas, naquelas circunstâncias, não tendo com quem gritar, ela começou a gritar sozinha em casa até ser atendida pela própria Maria Raimunda e por suas colegas de labuta que estavam pescando com tarrafa na porta de casa.

— Chore não, velha senhora! – Maria lhe consolava as lágrimas.

Mais tarde, a própria Maria Raimunda, ligando para Salobrinho de um tal sistema V.I.C., se pôs a saber mais detalhes. A senhora foi primeiro degolada. Sua barriga foi retirada, e não o velho útero, e as tripas acabaram abandonadas ao lado do próprio cadáver, na rua do beira rio, como se o assassino estivesse querendo encontrar o útero que a velha já não tinha e, com incômodo e impaciência, saiu estripando a mulher. O corte era milimetricamente o mesmo, com uma sutura que se começou a fazer na região do intestino grosso. Talvez, depois de estripada, a ideia era fechar a barriga para se inaugurar um novo aviso de horror. A boca, como no caso do assassinato anterior, também havia sido colada com cola maluca.

Zumira era mulher valente. Já velha, não devia e nem podia passar por aquilo. Pulou muita fogueira naqueles tempos e foi testemunha em vários enterros de jovens que, despretensiosamente, queriam curtir fora da zona dos arrazoados, em linhas limítrofes que ninguém entendia. Quase sempre era a senhorinha que aconselhava as mães e mulheres choronas e lamentonas de

O rio do sangue dos meninos pretos

seus homens. Zumira tinha uma sabedoria incrível em seu tempo, que era a de transplantar seu cinismo na figura de cuidadora e zeladora da dor alheia. Sabia acolher, sendo dura, com silêncio e destreza. Caminhava firme e pululante, e não se aventurava nas palavras ditas fora de contexto, razão pela qual era de se estranhar que seria morta por alguém naqueles tempos quando não se podia dizer nada do proibido, e que o cinismo das gentes era palavra de ordem.

Elas resolveram não contar a TioZito o que aconteceu. Acharam que aquilo podia mexer demais com os sentimentos dele e sabiam que, evidentemente, quando retornasse, num impulso de ver a mãe, ele seria misteriosamente assassinado. Era de se imaginar isso. Na teoria, TioZito era o mais racional, mas para alguns assuntos era muito menino, e pouco poderiam esperar dele quando o assunto fosse delicado. Aquilo doía nelas, mas não iam poder contar, ao menos agora.

Ele chegou já de tarde e, embora observasse alguma diferença nos semblantes das senhoras, era meio avoado e não perguntou. Foi logo contando as novidades. A única coisa que sabia era que o tal Gambé, após ir à casa do moçoilo levá-lo para passear, seguiu viagem na direção ao norte. Mais tarde botou para observar que, após deixar o rapaz, ele embarcava em outro carro grande com as iniciais B.C.

Isso era uma excelente pista. A partir de então se debruçariam a procurar o significado daquilo com quem soubesse na comunidade. A primeira pista que descobriu é que B.C., como conheciam, era uma vila que, no passado, se chamava Banco Central, nas redondezas de Ubaitaba, e que o rio vermelho, que a tudo rodeava como um infinito unificador, tinha passado por lá também. Não se sabia o que havia lá.

Era uma excelente pista, mas eles não tinham o que ir ver lá. Rita, sempre racional, nunca permitia que eles tomassem decisões de ver o que não deviam. Adorava repetir que não envelheceu por acaso, e que bandido também envelhece.

— Se eu envelheci, bandido também envelhece! Esses bandidos devem estar em todos os lugares. Não vamos lá não.

Passaram ali várias semanas numa enorme discussão, já que TioZito era mesmo teimoso. Rita e Maria Raimunda votavam juntas, raramente se desentendiam. Embora Rita sempre quisesse tocar na situação de Sorrene, talvez chamando atenção na similaridade das mortes entre Zelezim e ela, TioZito sempre dizia que ninguém sabia onde eles estavam porque não havia torre de geolocalização no vilarejo. No fundo, ela sabia que as mortes eram tão parecidas que agora até outro ente querido deles, principalmente dele, havia sido morto, que era sua própria mãe.

Rita e Maria Raimunda resistiam até onde podiam.

BALUAIYETONÁ

Maria Raimunda era dessas que gostava de pilheriar desde criança. Aliás, a segunda coisa que mais gostava era pilheriar. A coisa que mais gostava era cozinhar. Fazia aquilo como ninguém, ao contrário de Rita, que odiava afazeres domésticos. Quando criança, aprendeu a cozinhar moqueca, quando os peixes ainda tinham mais qualidade. Era com coentro largo que sempre finalizava o prato. O peixe sempre descansava no alho, um pouco de cominho, sal e limão até pegar o gosto. Gostava de temperar, mas detestava limpar peixe. O irmão, Tifu, fazia isso com o maior gosto. Lembrava muito dele porque, depois que ele saiu pelo mundo, nunca mais o avistaram. Mais tarde foi seu homem, Jovan, que passou a ajudá-la nesses serviços que desgostava.

Outra coisa que amava fazer era bolo de puba. Ah, como era apaixonada! Não sabia de onde vinha, mas amava. Não que devesse saber do passado das coisas, porque desde a escola já sabia que era terminantemente proibido entender o sentido de certas coisas. Apenas as empresas e os com-cor iam fazendo sentido para eles que, sem-cor, se viam como um com-cor só que desprezados na horda do mundo, num cinismo exacerbado, numa desistência de si próprios.

Naquele momento mesmo ela estava cozinhando. Ao passo que cozinhava o ovo e mexia na tigela, com coentro e coentro largo, adicionava devagar o azeite de dendê, que herdou de Tide, sua avó. Ao botar dendê devagar, era como se visse o sangue de Jovan e as lágrimas também temperassem de sal a comida. Silenciosas, as lágrimas mal puderam ver TioZito que chegou e ficou em pé atrás dela, talvez por minutos:

— Você não consegue esquecer ele, né? – perguntou ele, quebrando o silêncio.

— Tu sabe que é mais forte que eu – responde.

Ele a abraça fortemente, não como seu homem, mas como seu irmão.

— Tu foi preconceituosa comigo e achou que eu não pegava menina. Engraçado, assim como o com-cor, nem me ligou e nem procurou saber de mim quando eu desapareci porque só me queria pra foder.

— Eu aceitei viver contigo e já faz meses que a gente tá aqui. Mas não aguento mais, nada faz sentido – retruca ela.

— A vida não é pra fazer sentido, já dizia Zelezim. Mas a gente tá sendo procurado por matar ele, que era como meu segundo pai. É o que dizem, não as bocas da gente, mas os horários de notas na TV.

— A gente tá procurado – diz ela soluçando. – Por viver numa terra em que nascemos pra ser procurados.

— Tu tá falando bonito. As aulas de professora Rita fizeram sucesso.

Apesar das lágrimas recentes, agora era o sorriso que temperava a comida.

— Tu também aprendeu direitinho a não falar as palavras proibidas.

Ainda em silêncio, ela tenta balbuciar algo que parece empacado.

— Sabe o que eu preciso saber? Eu preciso saber se quem matou meu homem é quem matou Zelezim.

— Com certeza foi. Foi alguém que não queria que véi Zelezim, ou eu, ou qualquer pessoa falasse o nome que ele disse que era o nome do tal rio. Foi alguém que também matou Sorrene de tia Rita.

— Mas e o que tem o tal rio?

— Não sei, mas acho que aí tá a raiz de todo esse problema – responde TioZito de maneira consistente. – Quando eu era criança, vi gente que morreu assim. Um tio da Rua do Cano, que falava demais sobre o rio, um dia apareceu todo furado.

— Mas por que não os tais drones? Eles não matam tudo? Não são eles os responsáveis pela paz social?

— Aí já não sei. Mas sei que precisamos continuar no plano de Tia Rita. Precisamos investigar antes que acabe essa crise com as fábricas de cansaço.

— E o que vamos fazer depois que acabar?

— A gente não tem volta, Raimunda – vira as costas para ela, ainda bastante pensativo. – Agora eu vou te ajudar aqui na cozinha, que tu é labuá e só cozinha bem.

~~~~~~~~

Naquela mesma noite ela foi dormir cedo. Comeu o ajeum e se picou para deitar na tarimba seca do barraco. Mais tarde começou a sonhar com uma mulher gorda e bem escura, cor da noite.

— Quem é a senhora? – grita ela. – Onde eu tou?

Era uma cozinha de lenha como de antigamente.

— Aqui é Inema. E nós veio aqui conversar, Baluaiyetoná!– disse a senhora escura, com seus olhos grandes, aparentando ter uns 40 e poucos anos.

— Como me chamou?

— Baluaiyetoná. É o nome que teu pai um dia te deu. Tu é assim sem-cor, mas um dia, no nascimento, teu pai te deu um nome.

— Meu pai? – pergunta Maria Raimunda se aproximando da senhora.

— Babaluayê é teu pai. – diz a senhora virando as costas para ela, se endereçando a uma parte da cozinha gigante.

— Não é não, senhora. Meu pai se chama Onofre de Ashanti Penteado.

A mulher escura começa a rir desesperadamente.

— Ashanti – desata a rir. – Babaluayê ele teve que mudar porque era nome proibido.

— Como a senhora sabe?

— Como eu sei? – A mulher se aproxima, olha nos olhos dela, e diz: – Menina, eu sei tudo. Estou em todos os lugares nesse país e mundo. Domino tudo e permito o sangue dos meus jorrar nesse grande rio já faz tempo. Por que acha que eu estou aqui falando contigo?

— Então, você sabe sobre essa cor do rio? É sangue?

— Dos meus, dos meus....

— Dos teus? Quem são? Ahhh, da tua cor, será? – pergunta Maria Raimunda.

— Da minha cor preta! Dos meninos pretos!

— Ahhhhhh! – Ela faz cara de quem começa a refletir. – Então tu sabe o que é um menino preto? Daí que vem o nome do rio?

— Preto é um nome que tu não pode falar, Baluaiyetoná. Não pode falar, entendeu? Mas, sim, são eles que dão cor a esse rio grande, e tu vai descobrir onde.

Nesse instante Maria Raimunda acordou bem assustada. TioZito, que estava dormindo feito uma pedra, não percebeu que ela tinha acordado espantada. Ali refletindo depois de acordar, como quem tudo pensava antes de dormir, foi ligando todos os pontos. Se o rio era mesmo formado por sangue de gente, e na cabeça podia pensar sem o risco de ser descoberta, então havia sangue de seu Jovan lá. Sua intuição falava alto, mais alto do que nunca: devia seguir para a tal fábrica de cansaço onde o Cota viado que era com-cor trabalhava.

8

RITA DE CÁSSIA FREIRE DOS SANTOS

Rita de Cássia Freire dos Santos era uma mulher dura e forte, forte e dura. Havia morado na capital quando moça, viu a formação dos primeiros Israel, já na capital daquele país, mas naquela época eles ainda se chamavam de Bandeirantes. O nome mudou quando os armamentos substituíram as pessoas reais e datáveis daquela época estranha. Rita, nossa boa senhora, ainda não tinha metade das frases de efeito que tem hoje, mas tinha enorme consciência política do que era.

Israel, como se sabe, não é um nome de país ao acaso. Já foi uma invenção dessas célebres que se faz quando se força alguma coisa que lá não existe. Mas acontece que sua expansão é um sistema de horror que não se confunde com as gentes que vivem livremente sua consciência naquele lugar. Israel, o exportador de sistemas de horror, veio para ficar e substituir a antiga milícia de Bandeirantes, passando a se chamar esse próprio sistema de Os Israel.

Rita, por sua vez, nem gostava de lembrar que aquilo já foi um país, já que o nome passou a se confundir com um sistemático espetáculo de horror que tinha causado nela, em algum momento, muitas dores que não gosta de contar. Se embrenhou na luta política contra a formação dos Bandeirantes logo quando surgiram. O governo ainda estava existindo, e o Estado ainda era uma instituição. Ela sabia, como os demais que, pouco a pouco, um governo e um Estado irritariam profundamente a nova política de vigilância das gentes.

Rita ainda era magrinha. Numa dessas teve que fugir apressadamente das bombas numa manifestação e acabou adentrando a casa de uma senhora, que a manteve prisioneira até se explicar. Ocorreu que a própria senhora entendeu a motivação, e a acolheu por quinze dias com um grupo de jovens. Rita guardava aquilo muito forte em sua memória. Na época, ela compunha o movimento de luta com os cucurus, uns então comunistas, que já não existem depois do fim do Estado e do governo nacional.

Agora estava ali prostrada chorando por tudo, e, de novo, pela menina Sorrene, que pegou para criar quando ainda era uma bebê. Era uma filha. Engravidou de um filho e perdeu. Se chamaria Ezequiel. Foi aí quando, pegando o fato de os Bandeirantes terem começado sua caçada nas capitais, ela resolveu voltar pro interior do estado.

Chegou sem eira e nem beira e nem o ramo da figueira. No ônibus onde estava cochilou e teve roubados todos os poucos pertences que tinha. Até o relógio digital, que a todo custo comprou, foi roubado. Guardava daquele dia o hábito de dormir pouco. Dali em diante passou a vagar e vagar pela casa velha na fazenda Mocambo. Mesmo quando visitava a cunhada, a quem preferia ao irmão, ela vivia noite e dia acordada, sempre lendo com o óculos que caía para a ponta do nariz no rosto largo.

Agora ela estava fugitiva de uma guerra que, para o bem e para o mal, ela não tinha começado. Sabia, até mais do que as sandices de idade jovem de TioZito que, quando acabasse essa pressão que as fábricas de cansaço faziam sobre Os Israel, que todo o sistema de vigilância viria buscá-los numa rapidez, com suas rajadas enormes de tiro. Certamente, como entendia da crise, ela sabia que as fábricas de cansaço passaram a perder seu exército de reserva com tanto morticínio dos drones que garantiam a paz social; por isso, a crise. Quando o acordo se resolvesse em bilhões de dinheiros, nenhuma vida valeria mais porque a greve não era sobre a vida, mas sobre um modelo de produção.

Foi ela quem o orientou a seguir os passos de todos aqueles que parecessem suspeitos no pequeno vilarejo, embora o plano de agora era a cautela. O certo homem os levou a descobrir que havia uma fábrica de cansaço pro lado de um vilarejo que no passado já foi chamado de Feirinha, Banquinho e Banco Central. Às margens do antigo Rio de Contas, hoje tomado pela vermelhidão que corta todos os lugares do país, essa fábrica era mais ou menos um QG das demais fábricas. Precisavam, portanto, chegar até lá de alguma forma. Nem que fosse para descobrir o fim daquela história diabólica quase sem sentido que questionavam já há algum tempo.

— Quem matou Zelezim, então, por que não matou nós, se a mira é a gente? – pergunta Maria Raimunda.

— É porque, talvez, a gente não seja o alvo. Eles só não querem que a gente descubra e fale uma verdade que pode vir a ser gravada no tempo – responde Rita, balançando a cabeça negativamente como quem também respondia ao tempo.

Como se tivessem realmente medo de um alguém que os vinha atacando, Rita conseguiu finalmente convencer TioZito a não pegar a estrada e buscar uma carona. Era mais razoável. A chegada a Banco Central se daria, não na extrema exposição de ir até a estrada e pegar uma carona em troca de qualquer humilhação, mas por roubar um carro de alguém e seguirem fugindo.

Com todo o sistema de segurança parado, esperando autorização do comitê gestor, os roubos se multiplicaram. Não raro os saques aconteciam desde as grandes cidades até os vilarejos. As gentes roubavam por tudo, desde coisas de valor até as quinquilharias de ordem. Por isso mesmo, não haveria dificuldade em roubar o carro já que, além disso, poderia ser o último espólio deles.

Ao bolar o plano, Rita até se lembrou dos tempos de jovem quando lutava contra os Bandeirantes. A diferença é que os Bandeirantes não eram como os atuais Israel. Estes nem precisam mirar, basta acionar os supermicrofones para o sistema de reconhecimento facial fazer o abestalhado recognição a partir de um banco de dados de DNA nacional. A partir daí qualquer automação parecida os perseguiria até a morte. Realmente, sem escapatória. Há casos na cidade de jovens que são trucidados apenas em segundos depois de cruzar as linhas limítrofes.

Como o caso do tal Gambé, o rapaz que comia a bunda dele andava sempre numa rua do cemitério fora da cidade, e os três planejaram fingir uma doença de Maria Raimunda na beira da estrada, quando Rita, senhora com cara ingênua e boa, daria a mão pedindo ajuda. O pato caiu como ninguém. Com-cor como era, mesmo na zona rural jamais perderia a sua inata perversidade, cuja falsa misericórdia sabia que podia dirigir seu carro a qualquer localidade sem ser incomodado.

O jovem não só parou, como saiu e debochou:
— Tá vendo! Galinha que anda com pato morre afogada!
Malmente conseguiu falar. A pancada que Rita deu na nuca dele faria qualquer um cair. Era um baque com uma travessa de madeira revestida. Ele caiu ali mesmo com a cabeça sangrando. Os dois, inclusive a farsante que estava deitada no colo de TioZito, se levantaram rapidamente e entraram no carro, não sem antes de TioZito lhe dar mais três pancadas na cabeça com um pedaço de madeira e lhe deixar lá ensanguentado.

Partiriam dali para o Banco Central ouvindo na rádio a notícia de que, a qualquer momento, uma possível mudança de postura na comissão gestora podia levar ao fim da crise. Preocupados e aflitos, eles sabiam que a bomba relógio estava perto de explodir. Para passar o tempo, como para enganarem o sistema de rádio, treinariam foneticamente cada palavra produzida para não parecer o linguajar de um sem-cor. Era preciso repetir o que ficaram um tempão aprendendo com Rita. Usar a fala para se proteger.

Em 20km afastados do rio vermelho estavam passando de novo numa ponte em cima do córrego. Ao longe era possível ver uma correnteza vermelha ainda maior descendo em direção à Aritaguá, cujo restos nos dias de hoje são apenas uma igrejinha à beira do rio.

Rita e Maria Raimunda ainda não tinham contado a TioZito sobre a morte cruel de Zumira. Enquanto Rita, que a tudo pensava e olhava, numa velocidade que parecia devagar, mas era incrivelmente rápida, Maria Raimunda lembrava de seu homem, perdido para a dor dos Cota do exército Israel, e das vozes de crianças na escola que a chamavam de Maria Imunda.

— Aquele viado sabe comer bem homem, mas não aguentou a pancada de Rita!

Ele não se referia ao Gambé, mas ao moço que tinha caso com ele e que pegou, naquele dia, o carro dele para trafegar.

Chegaram ao antigo vilarejo via diversas estradas de chão, dentre as quais um cruzamento da antiga Água Preta a um circundado que ia dar em Coaraci, uma rota que enganava o rio, mesmo próximo dele, pela quantidade de Palabras, árvores grandiosas que escondiam os seres da floresta e seus segredos indizíveis. Só tiveram que atravessar a rodovia federal para cruzar para outra estrada de chão nas dependências de Itajuípe.

— TioZito, olha a estrada – diz Rita, que a tudo via, passando o olho mais uma vez no rio vermelho que a todos rodeava.

— O que não consigo entender é o que é esse grande rio, e por que ele se chama Rio do Sangue dos Meninos Pretos! – diz Maria Raimunda.

— Eu vi um preto no sonho um tempo atrás! – esbravejou TioZito.

— O quê? – pergunta Rita.

— É. Ele era um homem que nem eu, mas todo preto. Me disse coisas importantes e era altivo.

— E tu contou que estamos fugindo? – perguntou Maria Raimunda.

— Eu nem sabia direito o que contar. Contei o que tinha que contar – vaticina ele.

TioZito era sonhador. Razão pela qual nem Rita e nem mesmo Maria Raimunda acreditavam nessa versão dele. Como se estivesse contando alguma alucinação, o que elas menos sabiam era o que ele tinha ouvido acerca de ser preto.

— Eu também estou tendo essas visões – destaca Rita.

— E eu também – completa Maria Raimunda. – Todos, por algum motivo, estamos sendo levados para esse rio.

— Esses tais pretos devem ser a origem de tudo – assevera TioZito.

— Inclusive do sangue no rio – confirma Rita.

— O que é um preto? – pergunta, de novo, sempre intrigada a jovem Maria Raimunda.

— Um preto é um ser que viveu no passado, e que não se lembra mais das coisas no presente pra que assim tenhamos futuro – diz Rita.

Eles chegaram em Banco Central nas primeiras horas da manhã. De fato, não havia mais nada lá. Casa abandonadas e um platô, que separa o lugar do mundo, os faziam desconfiar de como poderia haver uma cidade completamente vazia no meio daquele lugar. Precisaram, porém, encontrar um lugar para ficar.

Como se as casas estivessem totalmente vazias, o que eles não sabiam é que estavam completamente habitáveis. Aquilo gerava neles um temor enorme. A primeira coisa a fazer era se livrar do carro, que foi jogado no imenso rio vermelho. Jogaram e foram em direção a um dos morros, o do lado esquerdo, como quem caminhava em direção a outro distrito que, no passado, era chamado de Inema.

— Engraçado – diz Maria Raimunda olhando uma velha placa com o nome "Inema" quase desaparecendo. – Eu acho que eu já estive nesse lugar nos meus sonhos.

— Inema?

— Sim – confirma ela. – O que vamos fazer agora?

— Temos que encontrar uma casa que não esteja habitada, e esteja fora da vila – declara Rita.

Era difícil essa tarefa. Tiveram que subir, e muito, até encontrarem uma casa mais afastada. Do alto dava pra ver a imensidão do rio lá longe na estrada. A cada dia mais cheio, o rio e sua vermelhidão até parecia que um dia iria chegar até eles.

De fato, havia uma casa desabitada. Uma foto de uma velha com-cor na parede e documentos deram conta de que a senhora se chamava Tude de Guerreiro e Aguilar. Incrível como, mesmo com marcas de abandono, ali havia de um tudo.

— Está tudo intacto na casa dessa mulher, hein!

— Tudo, tudinho, Rita – concorda Maria Raimunda.

Na sala e de pé, TioZito já tinha ligado a TV no noticiário, cujas letras garrafais diziam:

> **COMISSÃO GESTORA, ISRAEL E FÁBRICAS DE CANSAÇO PERTO DE UM ACORDO.**

A TV fica mais alta à medida que elas se aproximam.
— É o nosso fim! – diz Maria Raimunda.
— Quantas vezes eu te disse que não chegaremos a um fim antes da explicação de tudo isso? – diz, gritando, TioZito.
Na verdade, ele tinha sido o estopim de tudo aquilo. Porém, o mais incisivo naquela história só era a dúvida dos três daquele mundo, o que lhe tirava a razão do grito. Era aquilo que os tinha levado até ali.
— Você não fale assim com ela – grita Rita. – Até pouco tempo você namorava um com-cor, que nunca deu a mínima pra você. Agora estamos aqui porque Zelezim morreu dizendo algo pra você, e achamos que isso tem a ver com nossas vidas.
Ele abaixa a cabeça. Era um sinal de desculpas. De um pedido de desculpas que seu orgulho lhe furtava de pedir.
— Claro, eu não sou Jovan e nem Jessé pra vocês. Muito menos Sorrene. Eu só estou aqui porque Zelezim era como um pai, um pai mal-humorado, que desde criança dava os aprendizados daquele jeito. E desde aquele dia fiquei órfão de pai.
O silêncio, que não parecia rolar no recinto, agora virou lei. As duas se contemplaram e entreolharam, e Rita começou a chorar.
— O que tá havendo? – pergunta TioZito.
— Teve algo que não te contamos, TioZito. Dona Zumira...
Ele não esperou nem ela acabar. Era a pior das perdas. Se jogou no sofá e começou a chorar, ainda sem saber detalhes de quando e como aquilo tinha acontecido. Nunca tinha sofrido tanto na vida, porque a morte de uma mãe, mesmo em nossos tempos quando o automático ganha da vida, ainda parece um extraterrestre pousando na nossa cabeça com seu peso. Sofrer por amigos que morrem todos os dias pode ter um peso horrível, mas as mães são aquelas que envenenam nossa natureza com

sua grandeza e proteção inadministráveis, com sua totalidade tonal, com seus gestos de naturalidade mesmo quando o horror nos assalta.

— Eles vão pagar! Eles vão pagar! – gritava sem parar.

Mais tarde, um pouco calmo, ele soube dos detalhes cruéis de como Zumira tinha sido vitimada. Foi ainda mais cruel ver como ele sofria. Ao passo que chorava, se jogava no chão e gritava. Não parava de gritar "Eles vão pagar", como se eles fossem mesmo.

TioZito era um revolucionário, desses que infectam qualquer realidade com sua curiosidade que a tudo devora. Aprendeu a ser estratégico mais do que os amigos, porque sua testosterona se limitava aos muros invisíveis e indivisíveis da cidade. Mas, estratégico, não sabia que ia sofrer tanto, talvez como um menino que nunca cresceu quando soubesse que os que estavam lhe caçando seriam capazes de tanta perversão e horror.

Naquela noite Rita e Maria Raimunda deixaram ele lá e sairiam para tocaiar nas redondezas. Ele precisava sofrer aquela dor. Perder a mãe é perder todo senso crítico de uma vida inteira e se deparar com a proximidade do precipício. Elas sabiam disso e por isso ele ficou só.

TioZito, ao contrário de Maria Raimunda e Rita, não tinha perdido nenhum parente tão próximo até o dia que perdeu Zelezim, que era quase um. Naquela praça do Salobrinho tinha sofrido por um irmão e contemporâneo, mas não era a mesma coisa. Eufórico, usou o enterro de um igual, o véi Zelezim, para sacudir a consciência contra aquele sistema que não entendia direito. Percebeu com o tempo que estavam sendo caçados por algo que não conheciam direito também. Como já tinha cruzado todos os limites de um sem-cor, cujo tracejado é completamente local, ele sabia que já não havia retorno. A morte de Zumira, de Sorrene e de Zelezim eram formas de amedrontá-los. Talvez Maria Raimunda tivesse razão sobre desistir daquela fuga.

Desde criança não era aquele que sentia com mais força os desaparecimentos. Criança ainda agora, não perdeu só um tio.

Foram milhares de amigos e amiguinhos desaparecendo sempre sem que notasse que aquilo não era normal. Havia normalizado até ali. Agora não dava mais.

    Rita e Maria Raimunda não. Como se não bastasse serem seus homens, elas tinham notado desde há muito que aquelas perdas eram irreversíveis, e que havia algo muito errado naquela história. O fato de a revolta não ter as levado a fugirem era simplesmente a noção do fim que lhes esperava. TioZito, mais imaturo, achava mesmo que o fim estava longe, mesmo ele parecendo mais perto.

9

A CASA

Elas chegaram logo cedo. Exaustas, come-çaram a tirar as roupas. TioZito, já lúcido, como quem já não chorava há horas, espera por elas na cozinha.

— Eu tomei uma decisão – brada ele.

— Como assim? – pergunta Rita.

— Vamos voltar! – Ele pronuncia incisivo aquelas palavras como se fossem suas últimas. – Foi erro meu trazer vocês pra essa ratoeira.

— Como assim, cabra velho? A gente veio porque quis, e você nem sabe o que a gente viu lá. Nem perguntou.

— O que viram?

— Exatamente por isso que você não pode achar que manda na gente, TioZito. A gente viu um lugar onde lá embaixo corpos são embalados numa espécie de pano preto. Corpos bem escuros como a gente nunca viu na vida. São homens, quase sempre. Parecem tu, mas escuros, bem escuros.

— Que que é isso?

— Tem uma coisa muito estranha acontecendo e isso tem a ver com essas tais fábricas de cansaço – analisa Maria Raimunda.

— E o que pretendem fazer? – pergunta ele. – Continuar nessa ratoeira?

— Eu pretendo coletar provas e voltar para denunciar ao mundo, TioZito! – diz Rita.

— Provas como?

— Provas desses tais homens bem escuros que nunca vimos na vida.

— Você tá pensando em sequestrar um desses cadáveres? – reflete ele.

— Um não, mas talvez um pedaço. Com essa pele vamos poder ter a prova de que algo bem malvado está se passando naquela fábrica.

O silêncio dele faz logo uma dispersão acontecer. Rita se instala no quarto de Tude enquanto os dois vão para o outro quarto. Era a primeira vez que estavam finalmente dormindo na casa de um com-cor.

Não era uma casa de alguém rico, porque um com-cor não era necessariamente uma pessoa rica. Mas era uma casa diferente de tudo que conheciam. Mesmo na TV não chegavam a ver essas casas, porque os canais priorizavam conteúdo local, mostrando sempre personagens que se parecessem com os sem-cor, que lhes ensinassem os seus modos de vida, que lhes guiasse na senda do trabalho remunerado, da beleza que era viver rodeado de barreiras que asseguravam a todos um mundo feliz.

A casa tinha quatro quartos, sendo dois quase na entrada e dois no fundo. Um jardim pequeno, mas protegido pelo muro gigante, era a atração principal. Do lado direito havia armários e uma pequena área de lazer. Dentro de casa os móveis eram rústicos de uma madeira que não era mais conhecida no mundo de hoje, porque as madeiras foram todas sendo substituídas pela fabricação cada vez mais aprimorada de utensílios de suspensão.

Rita adorava reinar, mas não ocorreu que naquele momento tinha escolhido o quarto maior. Era porque, cansada, não lhe ocorreu conversar, apenas deitou. As luzes apagavam automaticamente depois de todos deitarem, por um token digital que era comum mesmo na casa de pessoas com-cor.

Maria Raimunda e TioZito não estavam tão cansados. Aproveitaram a chegada ao quarto para finalmente matar o fogo messiânico do sexo que os cobria desde as redondezas de Mutuns.

TioZito não era homem só de penetrações sexuais, tão comuns a homens nos dias de hoje, quando parece que o falo é o lugar de aperfeiçoar uma carência absoluta da vida. Ele sabia fazer todos os caminhos, sem se demorar neles. A alça da roupa era puxada devagar e um beijo sob a cavidade da pele clara da sem-cor era dado, causando cócegas estridentes. A mão, por sua vez, pegava nas ancas grossas dela e fazia um passeio até o meio da sua bunda, onde ela sentia ainda mais cócegas.

Os dois se divertiam muito nessa ocasião porque, ao contrário do desconserto de muita gente que brocha, eles se divertiam enquanto se acariciavam. Ela não perdia a oportunidade de, com isso, apertar o pinto dele de tal forma que já não parecia carícia, mas vontade de desnudá-lo para fora daquele jeans sintético pesado.

No dia seguinte eles estavam novamente na lida. Sabiam que aquela guerra estava mais perto do fim do que parecia. Já na lida, eles tinham que rodar o platô para tocaiar justamente o outro lado do distrito, que era onde podiam perceber melhor o motivo das casas parecerem abandonadas e, ao mesmo tempo, tão arrumadas.

— Não posso acreditar no que tou vendo – diz TioZito, em observação.

— O que tá vendo daí, Tizio? – diz Maria Raimunda.

— Com certeza mora gente nessas casas. Daqui estou vendo uma panela de pressão num fogão de lenha antigo.

— O que acontece é que ontem a gente percebeu que há rio gigante e vermelho por toda parte. No passado esses rios – Rita para a fim de respirar – esses rios eram pequenos no passado. Eles devem ter mudado a rota dos rios. Aquele que corta as minhas redondezas, ali, por exemplo, era o Rio Almada. Na subida para as Gameleiras e o Cerrado, mas o Cerrado já até desapareceu, desde meu tempo.

— Você está nos dizendo, ma senhora – Maria Raimunda se lembra e se corrige. – Senhora Rita. A senhora quer dizer que os rios estão mudando e, com isso, as cidades têm ficado embaixo deles?

— Exatamente. E essas fábricas têm tudo a ver com o que tá acontecendo.

Não por um acaso, o ponto de observação deles era justamente embaixo da frondosa árvore Palabra. Essa tal árvore teria começado num lugar bem distante que ninguém sabia. Quando ocorreu a passagem dos Bandeirantes para Os Israel, por algum motivo, essa tecnologia passou a ter erros e ser quase nula junto as Palabras. No início, um comitê foi indicado para responder à comissão gestora o que geria aquele país, porém, como se não houvesse como sair dessa sinuca de bico, aos poucos o problema foi sendo esquecido por outras demandas que surgiam de forma mais urgente.

O fato é que a própria comissão gestora sabia que sua tecnologia tinha um limite, mas eles não sabiam que estavam sendo protegidos a todo momento justamente pela afetividade que sentiam com aquelas frondosas árvores que surgiam do nada. Como se não bastassem as coincidências, elas também eram sempre avizinhadas aos rios crescentes.

O que se pode notar é que aquelas árvores, que muito estavam sendo usadas para chacota dos sem-cor nos dias atuais, nunca deram frutos. Com os espaços cada vez mais reduzidos, elas serviam apenas para sombra num mundo com cada vez menos sombras. Como não produziam fruto ou leguminosa que desse mais fastio, aquela população empobrecida pouco procurou saber de seu significado.

Todas as coisas foram aos poucos abandonadas por aquelas gentes cínicas. A Palabra era uma delas. Não que tenha se tornado algo proibido. Ao contrário, os três sempre usaram abertamente o seu nome quando se assentavam debaixo das gigantes senhoras das encostas dos rios. O fato era que aquela gente abandonava o significado e a memória de tudo que lhes circundava com uma velocidade enorme. Por isso, cínicos.

Quando criança, TioZito perdeu um tio e aquilo foi rapidamente esquecido por sua vida. Rita já acumulava muitas perdas e, embora o espírito pouco acomodado ao seu tempo, ela já tinha naturalizado muitas mortes que acompanhou na vida, com exceção de uma. Incrivelmente, seus pais são grande exemplo. Embora chorasse sempre seu buguelo, ela jamais parou para explicar ou tratar da morte das pessoas que mais lhe ajudaram na vida quando foi expulsa pelos pais, que eram suas tias da

Mocambo. Foi aí que finalmente foi parar naquelas paragens. Era ainda tudo rodagem quando ela se mudou de mala e cuia para aquelas redondezas. Aos poucos ela e as tias mortas foram se assemelhando a um tempo onde nada parecia avançar, senão o rio.

— Então, o que tem lá embaixo é sangue de gente? – Se pergunta TioZito, perguntando, com isso, às duas. – Como a gente nunca se perguntou sobre isso antes?

— A gente nunca se perguntou muita coisa, menino – responde Rita, colocando a mão na boca, como quem corrige o gosto da saliva caindo a boca. – A gente vem de muito tempo vendo a morte de perto e naturalizando tudo isso, como uma naturalidade que não existe. No fundo há outras gentes sendo ali jogadas, de cores estranhas que nunca vi. Mas isso tudo tem a ver com nossa memória. Nossa memória tem durado pouco, e apenas o pouco que tem durado tem nos trazido até aqui.

— Quando essa guerra acabar, me lembre de te abraçar – diz, emocionada, Maria Raimunda.

— Eu também! Quero te abraçar – TioZito endossa.

Voltaram cedo para casa naquele dia. Como pensavam, havia gente habitando aquelas redondezas, mas que não eram vistas. Talvez fossem belzebus da floresta, uma espécie de visagem que aparecia só para os anciãos como Zelezim. Se ele estivesse vivo isso não seria muita dificuldade.

Ao chegarem em casa, voltaram a ligar a TV para se antenar sobre o fim da crise do país. A indústria da segurança agora exigia uma indenização compensatória pelos dias perdidos nessa greve. Os donos de fábricas de cansaço ameaçavam fazer outra devassa nos papéis de gestão na bolsa de valores. Com isso, eles não iam mais comprar ações do país com os empréstimos que pegavam a custo quase zero. Tanta inadimplência quanto ousadia, eles ameaçavam quebrar o crédito público que, supostamente, lhes matinha funcionando nas pequenas cidades com pedras sendo quebradas.

Afinal, uma greve não é brincadeira. No dia que o protesto parasse não haveria somente uma matança estabilizada, mas, provavelmente, o fechamento de várias fábricas de cansaço no país. Pior, é preciso lembrar. Uma fábrica de cansaço era renda para aquelas gentes muito pobres. Era um cálculo que TioZito e Maria Raimunda, e até mesmo Rita, não faziam.

Não era apenas o caso de três fugitivos de uma sentença de morte anunciada que os tornava, até aquele momento, personagens privilegiadas de uma história de terror. Era o caso do terror de milhões de pessoas que sabiam que, com a confusão do sistema após o retorno da crise, suas vidas corriam risco mesmo dentro de casa.

Não raramente os drones explodiam pequenas residências de pau, como eram normalmente os lugares que moravam os desprovidos de qualquer moral naquela sociedade confusa de cínicos. Por isso, o acordo devia tentar conter tanto os prejuízos financeiros de fábricas inteiras, cujo cansaço carregava um imenso sistema prisional nas costas, como seu próprio exército.

O país estava mesmo paralisado. Não havia muito o que fazer e já não havia quem pudesse intermediar. Logicamente, todos os lados sobreviviam às custas de seguradora que, até aquele momento, cobria todas as despesas surgidas de um verdadeiro momento de guerra. Porém, era preciso, por fim, decidir.

Os jornais estavam, é claro, do lado das fábricas de cansaço. Não porque defendessem realmente a vida dos caçados como bichos, mas porque eram seus maiores patrocinadores. Todo o sistema que se propunha Israel não era factível do ponto de vista do patrocínio, como matar com força paramilitar, e com o investimento da comissão gestora, não ligavam para patrocínio nas TVs e jornais em geral. Com isso, a visão de uma força de segurança que conseguia proteger a todos pouco a pouco era questionada. Essa visão, de fato, conseguia limpar da sociedade toda forma de desordem, impondo, com sua arrojada tecnologia de guerra, um momento de paz. Porém, a paz chegava a um momento que não rendia mais. Só de papéis perdidos havia um montante capaz de fazer o país quebrar.

Um ajuste proposto inicialmente era pedir para as populações com-cor que evitassem sair de sua rota. Aladê, por exemplo, agora não mais conhecia os homens com quem adorava transar, os sem-cor. Isso porque ele agora sempre ficava dentro do perímetro de sua região, que sempre foi protegida. Aladê, que se fazia de arma de proteção de um sem-cor na travessia pelas ruas da cidade, virou um encarcerado daquela crise. Era essa uma enorme irritação já que esse era o passado dos sem-cor e era horrível que os com-cor fossem forçados àquela inversão de valores. Graças à crise eles mudaram de bons samaritanos, que ajudariam os pobres amigos sem-cor a transitar pela cidade, a proibidos eles mesmos de transitar para não serem vítimas da máquina de que era devotada aos sem-cor

Eles já estavam de saco cheio daquele apartheid ao ponto de começarem a ocupar as ruas e pedir a saída da atual comissão gestora. Com isso, realmente estava em risco o sistema d'Os Israel e toda uma tecnologia cara importada a duras penas, cuja transferência jamais se concretizou.

— Eles não vão ceder! Ponto pra gente! – Maria Raimunda comemora meio eufórica.

TioZito se levanta do meio das duas, onde estava, e vai em direção de uma porta, que se acredita ser a do fundo.

— Vocês não estão entendendo nada! Nada! A gente vai se lascar de qualquer jeito com essa crise toda. Não somos os demais fugitivos. Estamos sabendo demais.

No fundo o coração dele chorava por Zumira. Era quase impossível que aquela dureza dele não estivesse disfarçada porque as palavras finais foram solitárias e pouco concisas. A morte da mãe tinha finalmente lhe atravessado em enorme desesperança.

— Você que não está sabendo nada – Rita discordou. – Até agora não estamos sendo ouvidos a longa distância por drones, e isso só vai voltar se esse maldito sistema vencer.

Gabriel Nascimento

— Se o sistema vencer ou não, mais hora menos hora vão nos achar como acharam Zelezim, Sorrene e minha mãe. – Era possível ver nele uma lágrima descendo.

Rita se levanta então e parte em direção a ele, o abraçando.

— Não chore, TioZito! – diz ela lhe beijando o pescoço enquanto troca olhares com Maria Raimunda. – Meu filho, você está certo. Nada a comemorar. Mas o fato de estarmos vivos é a forma como estamos nos comunicando.

Rita se deslarga dele e passa a se afastar falando, como quem vai professorar.

— Vocês ainda não acreditam na minha teoria, mas, nesse mundo em que vivemos, já não é possível distinguir um com-cor de um sem-cor. Somos basicamente gente parecida. Não esses, os jogados no rio, trucidados e seus sangues que a tudo tinge, com o rio que a tudo invade. Então, eles nos identificam quando falamos ainda um conjunto de coisas que a nossa memória pequena ainda não esqueceu. Talvez por isso, nos Reformados ainda não impedem crianças de falar. Minha teoria é de que estão atrás da gente, e nos perderam várias vezes porque temos disfarçado o falar. Também acho que, com crise ou sem crise, querem nos matar, mas antes vamos matar boa gente deles.

Ela se silencia como quem vai continuar.

— O que é um preto? Um preto é um ser que viveu no passado, que não se lembra mais no presente pra que tenhamos futuro – conclui ela.

10

A Palavra é uma árvore antiga, muito misteriosa. Ninguém sabe ao certo como elas se proliferaram no país. No início eram mudas plantadas em festejos insignificantes no interior do país, sempre ao lado de paus-brasis. Quem teve a ideia de plantar aquelas mudas jamais saberiam que elas seriam frondosas árvores que receberiam a todos debaixo delas. As crianças amavam a Palavra. Elas, assim como os idosos, tinham algo em comum que era justamente o encontro naquelas árvores. O espaço por baixo de suas sombras se tornou um local onde o passado olhava, sempre com certa incredulidade, o futuro. À medida que o tempo passava, as criança se tornavam adolescentes que iam abandonando aquele hábito, sempre de maneira a se desresponsabilizar por aquele passado e buscar novos tempos.

As Palavras acompanharam as mudanças do país. Quando os aviões cargueiros pousaram com os primeiros equipamentos trazidos de Israel, as Palavras passaram a ser disseminadas no interior. Eram Palavras que ainda não cresciam como arranha-céus. Tímidas, eram usadas como experimentos dos reformados. Reformadores, aqueles que mandavam nos reformados, achavam que aquela era uma árvore que se parecia com uma antiga que dava nome ao país. No entanto, os experimentos tecnológicos não aconteceram quando as Palavras eram populares. Aconteceram antes dos cargueiros pousarem no país. Naquela época, as Palabras ainda eram mudas plantadas pelos internos dos reformados pelo país. Mal sabiam eles que aquilo seria fundamental para impedir que aquela tecnologia profunda não funcionasse justamente naquele perímetro.

Quando as comissões gestoras passaram a gerir o país, sempre com unidades em cada estado, elas trataram de implantar com a maior brevidade aquele sistema que, pouco a pouco, iria policiar toda a população. Se alguém roubasse alguma coisa nas cidades, um relógio, por exemplo, isso não iria levar meses de investigação. Uma coleta básica de informações na denúncia e o banco de dados acessava o banco de perfis faciais. A máquina acionava um conjunto algorítmico que, ainda que a pessoa dissesse não ser aquele o suspeito, era capaz da máquina confirmar pela pessoa com total fé pública.

— Mas não é esse cara o brutamontes do Xingó! – dizia uma loira na oitiva. – N'guni era mais claro.

— Impossível , moça. Esse sujeito já tá fichado como ladrão. Os equipamentos de Israel não erram.

De fato, o sistema de reconhecimento facial tinha sido um sucesso. Ele simplesmente passou a ficar cada vez mais acostumado com um padrão que ele acreditava ser de bandido. No entanto, ano após ano, os engenheiros foram deixando passar e não fizeram novos experimentos.

Aí é que entram as Palabras. Eram altamente sensíveis, mas não rastreáveis. Como os casebres de beira de pista e as favelas das cidades grandes passavam a ter aquelas árvores gigantescas para as pessoas fugirem do calor horrível de cada ano, muita gente estava realmente não rastreável.

Os mais velhos aproveitavam a chance para ao redor delas habitarem. Tinham um punhado pequeno de vida, dado o esgarçamento das condições materiais com desemprego gigante a cada ano, as altas taxas de juros e encargos do crédito público criados para maquiar o valor ridículo da dívida pública paga a rentistas sem-o-que-fazer, e essas árvores eram praticamente um alento antes da morte aos mais velhos.

Debaixo delas também era bastante ventilado. Por isso é que pequenos rebentos adoravam brincar lá, para imensa correspondência desses mais velhos. Senhoras que costuravam e tricotavam praticamente eram babás da maioria deles que, em conjunto, circulavam suas avós-babás em brinquedos como Dono da Rua ou Prenda.

Poucas foram as pessoas que descobriram o poder de uma Palabra. Os mandingueiros, uma espécie de velhos que sabiam demais, foram os primeiros a morrer. Muita gente, mas muita gente mesmo, sabia de alguém que conhecia alguém e que ouviu de alguém na infância que havia um mandingueiro em sua rua, bairro ou redondeza. Não era o caso dos dias de hoje. Eles praticamente sabiam tudo dessas árvores porque mexiam com ervas e banhos, utensílios altamente proibidos no mercado popular.

O lugar onde essas árvores mais cresciam naturalmente era perto dos grandes rios do país. Do Jequitinhonha ao Pardo, do Cachoeira ao Velho Chico, em todas as beiras havia ruidosas árvores silenciosas. Naquela época uma manchete no jornal dizia:

> **ÁRVORES MISTERIOSAS APARECEM NO VELHO CHICO** — Pesquisadores suspeitavam que árvores tenham sido plantadas há muito tempo e só agora passaram a aparecer em um dos rios mais importantes do país, o rio São Francisco.

Mas não tinham sido. Pelo menos não que se soubesse à boca miúda. Parece que surgiram do nada. No início, quando perguntava a alguém numa beira de rio no interior, o que se dizia era:

— Ana Sebastiana, que é casada com Silvino de Vera, falou ontem pra Nem de Vada que essas árvores são um castigo pro mundo, e delas vai sair a besta que vai tragar toda a humanidade.

Ana Sebastiana, que passou a vida em igreja evangélica, acreditava piamente que, antes do fim do século, uma chave de luz ia acender e todo o mundo ia ser julgado. De fato, foram. Ao passo que as árvores cresciam desenfreadamente, jovens como o filho de Sebastiana eram caçados. No início nem ela acreditou.

— Menina – dizia Tonico do Lajeidão –, Sebastiana disse pra Juce de Seu Pelego, da Boca de Inema, que isso só acontece com bandido fugido da cidade.

Não era só com bandido da cidade. Um dia, tendo ido trabalhar no plantio do cacau perto da Joinha, ele desapareceu. No mesmo dia ela ficou preocupada.

— Irene – dizia Nem de Vada –, diz que Luca não voltou hoje, né? Não será o mesmo caso de Luís Edson, Talírio, Emanuel Porfírio e Vandércio?

— Não sei – responde em dúvida a tal Irene. – Sebastiana disse que tem dias que ele se pica de lá pra festa na fazenda Joia Grande. Deve ser isso mesmo.

Não era. A velha só foi entender que estava redondamente errada com uma semana de sumiço, quando ninguém mais acreditava naquela história de festa na Joia Grande.

— Sebastiana tá lá – declarava Tonico do Lajeidão. – Parece que começou a acreditar que o fio dela não é exceção entre ninguém aqui.

— Mulher desconsolada, nêgo – respondia prontamente Juce de Seu Pelego da Boca de Inema. – Como pode não crer? Perdi meu Maurício, que desapareceu numa dessas. Foi bongar cacau com Tílio de Carmeirindo e nunca mais voltou.

Ana Sebastiana, como sabia que ia enfrentar todos os vizinhos, se trancou para todo o sempre. Os vizinhos, porém, capitaneados por Cira, mulher de Téteo, não perdoaram. Para ela, a mulher devia, sim, uma explicação.

— Sei que ela tá bem sofrendo, Tônico, mas ela nos deve uma palavra – a mulher bota a mão na testa, suando com aquele tempo onde o sol parecia mais quente. – Quando perdi meu buguinho, ela até riu da casa dela. Disse que era pretinho, que tinha sido fichado na cidade e veio corrido. E é mentira. Meu buguinho sempre que foi trabalhadeiro. Veio pra aqui depois de passar quatro anos desempregado. Veio pra aqui porque já via essa desgraça acontecendo na cidade e sabia que isso ia pegar pra ele.

— Por que será que isso tá acontecendo?

— Irene, eu acho que eles querem matar todo mundo que não se parece com eles, porque eles sabem que quanto mais as pessoas for igual, o mundo será mais barato. Mas a conversa agora não é essa – adverte ela. – Eu quero tirar pergunta pra Ana Sebastiana.

Dali do pé da rua, Cira subiu com braveza e foi acompanhada de umas sete mulheres e quatro homens, todos irritados com a ideia de que Ana Sebastiana, que amava botar o dedo na cara dos demais, se calasse num momento em que sua dor era a dor de tanta gente ali.

— Sebastiana, sai aí! – gritou Cira. – Sai aí, mulher!

O burburinho de todos ali acompanhava aquele protesto.

— É, sai.

— A senhora nos deve uma explicação!

Depois de três a quatro minutos de gritaria na porta, um menino meio mestiço, mas ainda com traços mais escuros, saiu na porta.

— Voinha disse que não vai sair. Que vocês vai embora!

Aí que a gritaria piorou.

— Véa hipócrita! – gritava Cira, comandando o tumulto. – Sai aí pra se acertar com o povo!

Depois daquilo a velha finalmente saiu. A cara dela parecia como a de alguém que estava há dias chorando sem parar.

— O que querem comigo? – indaga ela.

— Mas, Sebastiana – começa Tônico –, você ainda pergunta? Você colocou o fio de todo mundo aqui na boca do sapo, disse que era tudo bandido, zombou, espezinhou. Ainda pergunta, fia de uma lá ela!

— Tu quer mesmo saber, fio de rapariga? – A velha senhora preta respira. – Se eles levaram meu Luca, então também vou. Eu tomei…

A velha, com o nariz já sangrando, começa a cair e o pequeno, já na idade de uns oito anos, a segura.

— Vó!

— O que tá havendo, Ana? – pergunta a própria Cira.

— Ela tá passando mal. Tem de ir lá chamar o doutor – anuncia Irene. – Vou lá.

— O que você tomou, mulher? – grita Cira.

— Chum... – Um vômito súbito, cheio de sangue, a impede de continuar.

Era chumbinho. Um veneno de rato poderoso que era usado antigamente quando as coisas eram fartas e os ratos ainda existiam. A velha guardava um pote cheio daquele veneno para o caso de precisar envenenar um vizinho falso como ela. Foi ela quem precisou tomar para dar conta da dor que estava sentindo. Num impulso, ao saber que lhe aprontavam uma emboscada, com cobranças que ela mesma não sabia se poderia responder, se arriscou e sobressaltou, fugindo daquela vida miserável.

Seu enterro chamou atenção de toda a comunidade. Veio gente até de Água Fria e Taboquinhas. O que chamava atenção não era a morta, mas uma incrédula que, ao invés de admitir seu erro, preferiu se matar.

— Era uma dor grande, seu Kel – dizia Cidinha. – Ela não ia conseguir viver no mesmo mundo que tiraram o fio dela.

— Mas e o pequeno?

— Dizem que vai pra Visagem morar com o tio.

O menor não ia demorar de sumir. Antes de chegar na Visagem, ainda naquele rebuceteio do luto, nem deram falta, e ele desapareceu para todo o sempre. Todo alarde estava finalmente acabado e o luto, ainda que irresoluto como todos os lutos, ia se tornando uma mensagem da brevidade do agora, da inexistência do futuro para todas as populações escurecidas do planeta.

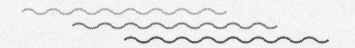

~~~~~~

Nenhuma daquelas populações que iam sumindo desconfiavam do grande poder redentor das Palabras, as árvores da grande sabedoria. Pelo contrário, muita gente pensava como Sebastiana no país.

No início teve até gente que arrancava as Palabras.

— Tem que girar pra usar como lenha. Não gera fruto nem nada – dizia Maria de Manezinho.

— Vou tirar, mulher! Larga de chatiça!

Ao tirar a árvore, que já crescia num sentido sem fim, ele precisou da ajuda do menino para levar as toras para dentro de casa. Lá teve que lascar as toras em partes menores, a fim de que coubessem no fogão de lenha no fundo da casa.

Acendeu o fogo como sabia acender. Usou óleo vegetal, um pouco de papel, mas não pegou. Estranho, porque ele sempre acendia de primeira. Era algo até dado como certo por amigos, parentes, entes, aderentes, visitas e agregados. Todos sabiam que ele era bom mesmo nisso, visto que sua carne assada nem sempre era a melhor.

— Que tá tendo, homi?

— Não sei, Mariinha! – responde. – Não sei mesmo! Nunca aconteceu isso.

— Não será essa árvore? Tem árvore que não pega.

— Mas essa é tão comum! Parece um choupo que peguei onti.

Não era choupo, nem carvalho e muito menos jaqueira. Era Palabra, uma árvore supermisteriosa que mais protegia aquela gente do que era um risco. Vítima de toda espécie de preconceito, não gozou dos cuidados que o Joá, o Bougainville e o Jasmim-dos-poetas tiveram da população quando apareceram. Pelo contrário. Ao passo que o governo, que ainda existia até então, fazia um megainvestimento e não se metia na cultura, a população odiava aquelas árvores que cresciam desmedidamente. Eles achavam que as árvores iriam invadir suas próprias casas.

— Que teve?

— Não acendeu! Peste de árvore! – esbraveja.

Era triste ver um trabalhador rural não conseguir acender um fogo. Mas mais triste era ver aquela dona de casa com seu almoço atrasado.

— Homi, a comida vai atrasar!

— Que se atrase! – ele continua esbravejando. – Não tá vendo que essa porcaria não presta?

Ela não acendia e nem ia acender. Era quase impossível e eles demoraram demais para perceber. O mais duro foi ver dona

Maria preocupada com o almoço e vendo o homem sair retado em direção ao mato para tirar outras toras.

~~~

A Palabra surgiu de uma forma inusitada. Quando todos os jovens escurecidos já estavam praticamente extintos, o nome mais usado para essas árvores era Elefante Branco. O país chamava assim o que não fazia sentido, mas era mantido. Com o passar do tempo passou a ser chamada de Alevante Branco, e suas folhas passaram a ser confundidas com as folhas de água de alevante. Por isso, o nome mais comum era Alevante Branco.

Muitos anos se passaram e encontraram um homem enterrado embaixo de uma daquelas árvores. Era um homem escurecido com uma marcação na testa, que dizia *"L'arbre à palabre"*. Como aquele povo não entendia aqueles dizeres, e tudo aquilo parecesse inusitado, a fama era de que o homem tinha morrido de "palabre".

O corpo foi rapidamente recolhido pela comissão gestora local que, ao saber, entregou o caso na mão de cientistas médicos de uma universidade local. O corpo jamais foi visto, e estudo nenhum sobre aquele corpo jamais foi publicado, mas o nome Palabre pegou. Pegou tanto que, pouco a pouco, já era usado para designar aquela árvore estranha.

Os anos foram passando e o povo acabou chamando, dada a realidade da língua local, aquela árvore de Palabra. O nome pegou totalmente e até hoje ela é assim chamada nas redondezas daquele país imenso.

11

M ALTO RISCO

Com o amplo conhecimento de que havia gente nas casas, eles precisavam esperar o melhor momento. A descoberta de que podiam desvendar o real motivo de uma fábrica de cansaço estava perto, e era algo totalmente ligado à cor e imensidão do grande rio. Já que eles sabiam das posições estratégicas de tocaia, só precisavam se espalhar, cada um com seu cada qual. Rita se posicionou numa ribanceira onde pôde colocar a perna que, naquela altura, arrastava devido um mal desconhecido que estava sofrendo. Ela, porém, ficou confortável enquanto consertava seu óculos quase fundo de garrafa. TioZito foi para cima de uma pedra, cuja direção apontava diretamente para a praça de Banco Central. Maria Raimunda ficou propositalmente em cima de uma manga, e coube a ela perceber o que estava acontecendo.

De um a um, grupos pequenos saíam enfileirados, sempre por trás das casas, o que dificultava identificar seus corpos. Eram sem-cor, com certeza, dado os trejeitos de andar. Ela ainda localizou espécies de supervisores que os guiavam com um tipo de corda e bainhas de facão.

Por sorte, nenhum daqueles era rebelde. Não havia mulheres no bando. Apenas homens de uns 17 a 42 anos. Bastou um sinal que tinham combinado para que a velha senhora, com coragem juvenil, e o jovem rapaz, com espírito curioso, se juntassem a ela. Eles acompanharam a fila até onde os olhos deram. Não podiam falar naquele momento, e eles simplesmente se retiraram em direção à casa, quando finalmente puderam conversar.

— O que são eles? – começa Maria Raimunda.

— Parecem prisioneiros. E eu sempre achei que os condenados às fábricas de cansaço tinham liberdade.

— Nem tudo nossos olhos alcançava, eu já disse – diz Rita. – Nem tudo que parece, já estamos vendo, é. – conclui.

— Verdade – concorda, pensativo, o jovem TioZito.

Gabriel Nascimento

— Passamos muito tempo desistindo de procurar explicação. Fingindo que já sabíamos de tudo aquilo, que tudo aquilo era já sabido em detalhes por nós.
— Mas, espera! – Maria Raimunda repreende Rita. – Isso não me entra na cabeça. Eu tenho parente homem que trabalha até hoje, nunca soube que andava assim para o trabalho na fábrica.
— É estranho mesmo. O fato é que a gente só vai saber o que tá acontecendo se a gente for lá – pondera ele.

Eles não tiveram muitas margens para decidir o horário. Já que agora não estavam mais lá, esse seria o período mais propício para a invasão. Foi isso que fizeram. Desceram com bastante discrição, atravessando todas aquelas cancelas que, no passado, serviam para isolar os animais, mas acabavam isolando os próprios trabalhadores rurais.

Já na entrada norte do distrito, elas e ele precisavam usar a mesma estratégia discreta dos prisioneiros. Foram, assim, pé ante pé, e puderam ver a primeira casa. Era quase oca, com muitos acidentes de percurso. O telhado era de folhas de eternit. A casa parecia uma descida, degrau por degrau. Ao fundo, como parecia comum a todas as casas, havia um precário fogão de lenha. Mas além dali uma portinhola dava lugar a um buraco cheio de fezes. O cheiro era horrível.

— Achei coisas pessoais num cômodo. Acho que vou roubar. Olhem a cozinha pra ver coisas de comer – ordena Rita.

Foi na cozinha que TioZito estava. Embora devesse pegar a comida, o que ele achou foi mais do que isso. Embaixo de uma mesa na despensa estavam precisamente armas, muitas armas. Eram armas do passado, dessas que não se sabem mais nos dias de hoje. AR15s, 9mms, AK-104 etc.

— O que é isso? – pergunta Rita se aproximando.
— É nossa rota de fuga, mi buzita.
— Que é isso, menino? – diz Rita batendo na cabeça dele.
– Se não quer confiar, apenas siga sem confiar, mas segue o que eu disse.
— Desculpa.

Naquele momento todos ouvem um estrondo muito forte e sussurros. De repente Maria Raimunda aparece rendida por um jovem. Ele tinha entre 16 e 24 anos, e era um com-cor, também pelos trejeitos de cima.

— Muito bonito!

— Quem é você? – TioZito retribui o contato.

— Se afasta dessas armas ou ela morre – com uma pistola meio simples o rapaz ameaça estourar os miolos de Maria Raimunda.

TioZito, ao se afastar, percebe que Rita já não estava na cozinha.

— Manoel Mundimbe! – grita o com-cor.

Outro com-cor se aproxima e dá uma coronhada em TioZito enquanto aquele, que rendia Maria Raimunda, dá um sopapo nela, que desmaia.

Lá fora eles dois são amarrados no sol quente, numa espécie de círculo estranho. Não é possível compreender quem eram aquelas pessoas, mas, por algum motivo, eles sabiam que não iam ser arrolados na fila de gente indo trabalhar. Com o tanto que sabiam, ou tinham por curiosidade, já sabiam que seriam eliminados.

Mais homens com-cor se aproximavam para ver os dois prisioneiros. Malmente sabiam serem dois fugitivos da mais alta periculosidade. Um deles averigua o cadastro dos dois, mas, por falta de precisão do sistema d'Os Israel, que era o sistema único nacional de segurança pública eleito pela comissão gestora, eles só podiam checar informações básicas, como a origem, se já tiveram parentes nas fabricas etc.

Isso até pegou bem para Maria Raimunda, visto que ela era parente de um encarcerado de muito bom rendimento e perfeito comportamento. Em quarenta anos ele já não vivia em confinamento. Como forma de bonificação, os presos tinham um sistema completo de mérito ao qual faziam jus. A cada dez anos, ao seguir uma lógica rígida, passavam a modelos menos probatórios, mas igualmente estafantes. Eles só não precisavam viver em confinamento, mas tinham que bater o ponto todos os santos dias na misteriosa fábrica. Como se não fossem tantas no país, elas ficavam exatamente na geolocalização rumo ao interior. Sempre à beira do rio e quase nunca abertas como os modernosos sistemas de segurança implantados quando da queda da antiga nação.

Aquelas pessoas não iam descobrir quem eles eram sem a circulação de fotos. Por isso é que fizeram várias, até as pintas e marcas pessoais passaram a ser fotografadas. Ligações eram feitas ao passo que Maria Raimunda, sempre ela, recobrava a consciência, ainda fingindo um pouco de demência.

— O que tá acontecendo? Quem são vocês? – pergunta.

— O que tá acontecendo eu que pergunto – um dos rapazes se aproxima. – Não invadimos o seu beco ou sua compartição. É você que ousa vir conhecer nosso banquinho.

— Mas não invadimos. – Ela pensa em voz alta. – Somos trabalhadores de Boca do Corgo. Estamos perdido.

— Isso a gente vai checar – responde o moço. – Há duas hipóteses pra sua vida. Uma delas é o fundo do rio, a outra é trabalhar na beira dele pra sempre. Isso depende, é claro, da sua verdade.

Embora consciente do significado real daquelas palavras, ela não parecia temerosa. Fossem outros tempos, por exemplo, alguém choraria ou se mostraria bastante abatido nas vizinhanças da morte. Ali todos olhavam com muita familiaridade toda aquela sorte ruim de coisas. A morte parecia uma vizinha de todos os dias, aquela mais atenciosa e menos contida.

— Onde estamos? – pergunta TioZito acordando.

— No meio da roda, ao que parece. – Ela responde em buchicho.

— Essa estrutura lembra algo muito antigo.

De fato o era. Havia ao lado deles panacuns de cacau não mais utilizados, mas instrumentos profícuos de uma lavoura que, no passado, já foi chamada de cacaueira. Tratava-se de um cesto grande usado para colocar o cacau colhido, quebrado e tirado de dentro do fruto.

A estrutura, porém, não era de casa grande, como essas de antigamente que rodeavam a estrada do chocolate. Eram casebres simples, como já ousamos descrever a contento anteriormente.

— Vocês têm muita sorte – diz o homem se reaproximando. – O sistema de checagem está simplesmente parado e bloqueado para nós. Eles querem simplesmente nos apagar do mapa. Mas vamos saber quem são vocês quando nosso coordenador chegar.

O coordenador geralmente era alguém a serviço de um fundo perdido de patrocínio. Ele ficava girando de fábrica em fábrica para acompanhar todo o trabalho. Por isso, eles não tinham um coordenador por ali porque quase não havia problema. Quando é que um casal sem-cor, andarilhos no mundo, vindos de Boca do Córrego, iam despontar em direção a armas em uma casinha no pequeno distrito? Aquilo era bem estranho e todos ali sabiam ser.

Eles teriam que esperar. De vez em quando tinham a cara molhada pela água, pois estavam no sol quente. Isso matava muito pouco a sede deles.

— Pulu, manda Appiah levar mais carga – puderam escutar uma voz bem ao longe.

De onde estavam, eles puderam perceber dois caminhões enormes, sempre com um líquido vermelho pingando, sendo transportados para uma baixada que ia dar, finalmente, na imensidão vermelha do rio. Os rapazes tanto não maldavam aqueles dois criminosos, que não impediram os dois de verem uma imensidão de coisas pretas, como que lixos, sendo depositadas no rio.

— Sabe o que é aquilo?

— Não – Maria Raimunda responde rápido.

— Lixo do passado.

— Lixo? – Ela pergunta. – Parece restos de gente.

— A senhora é esperta demais para quem vem de Boca do Corgo. – O homem faz um longo silêncio enquanto os analisa.

– Mas não tem segredo entre nós porque, das duas uma, ou vocês passarão a vida toda aqui no trabalho ou vão acompanhar o caminho daquele lixo e vão parar no fundo do rio.

O homem, de porte médio, usando uma roupa absolutamente apertada, como quem retornava de uma festa, faz outro silêncio.

— No passado houve uma grande rebelião. Algo muito grande e todo mundo foi morto. Agora nós cuidamos desse todo mundo e o transportamos para o fundo do rio.

— E quem são esses todo mundo? – TioZito rompe o silêncio pela primeira vez.

— É isso que vocês só vão ficar sabendo no fundo do rio.

– O homem ri ironicamente. – Lógico, na hipótese de vocês não serem quem dizem que são.

Enquanto o coordenador não chegava, era possível ver centenas de caminhões descarregando no rio. Eles nunca tinham visto essa imensidão de coisas. Nunca tinham observado a ligeireza daquela operação. Não era transparente para a grande sociedade porque, na verdade, as mesmas explicações que eles precisavam tinha que ser dada à grande sociedade.

Quem eram aquelas pessoas que compunham uma verdadeira carga do passado? Essas eram as hipóteses que os dois cochichavam entre si.

— Já era pra gente – diz ele.

— Você sempre igual, né?

— Igual em que sentido?

— Igual no pé frio. Você é do tipo que movimenta um mundo inteiro e perde ele no seu pessimismo.

— Eu acho, francamente, Raimunda... – Ele respira porque o sol está escaldante. – Eu acho francamente que eu fiz tudo que tinha pra ser feito. Sinto muito por ter te trazido até essa situação. Sinto muito por tudo ter chegado a esse fim.

— Mas você nada tem que sentir. Estou te criticando, TioZito, por ser um gigante que desiste fácil, sabe? Você é um gigante que eu conheci, maior do que o próprio corpo. A maneira como você sofre, a forma como você se posiciona, todos os seus amigos e irmãos, todos eles te têm como grande autoridade na inteligência por sua curiosidade desde criança, mas você finge que não sofre, se faz de durão.

Ele faz um silêncio ainda mais longo, quando uma lágrima desce do seu rosto. Se elas não se renderam ao sofrimento, o mesmo não era o caso dele. Era visível que a guerra estava vencida simplesmente porque sua perda era uma que não reconhecia correspondente. De todas as perdas de homens e amigos, mães é que se despediam de filhos. Quase sempre os mortos eram rapazes e nunca mais velhos. Era um caminho inverso quando uma dona senhora era simplesmente estripada sem nenhuma explicação. Ele sofria com razão, num sofrimento que o maltratava profundamente.

— Quanto tempo tu acha que a gente vai ficar aqui?
— O tempo suficiente pra morrer. – Ele responde.
— Mas tu acha que eles vão ter mesmo o poder de descobrir quem somos?
— Claro, né, Maria Raimunda! Você não percebeu que eles nos acharam justamente quando disse a tal palavra proibida?
— Mas como? Como ainda não sabem quem somos?
— Aí é que tá. Acho que há alarmes de segurança, mas o sistema de checagem não funciona. Alarmes existem pra tudo e guias também. Assim fiquei sabendo um tempo atrás.
— Por causa desse muito saber que estamos correndo tanto risco.
— Ora! – Ele volta a suar como criança. – Não era a senhora que agora há pouco estava me incentivando? Quedê ela?
— Eu incentivo, mas eu também bato. Eu me apaixonei pelo homem errado – fala se referindo a ele.
— O quê?

Nesse instante eles ouvem explosões enormes. Eram os caminhos pegando fogo. Homens começam a correr para a direção deles.

— O que foi isso? – Ele volta a perguntar.
— Não sei. Não sei.

Naquele momento outra explosão acontece. Justamente a dois quarteirões deles explode uma casa inteira e gritos são ouvidos.
— Misericórdia!
— Geo!
— Corram!
Naquele momento de terror, um homem passa em chamas por eles que, assustados, começam a se debater contra suas amarras.
— Precisamos sair daqui senão vamos morrer – diz ele.
— Mas a gente ia morrer mesmo!
— Para com essas ironias, por favor! – Ele enfim a repreende.
As bombas não cessavam. Agora elas passavam a ser com mais força e o peso do concreto amassava dezenas de gentes correndo da beira do rio para salvar seus poucos bens. Homens com-cor eram atingidos por uma mira quase milagreira, levando crer que era uma guerra com um inimigo único, coisas tão difíceis naqueles dias.
Finalmente, no meio de chamas, aparece uma senhora mancando em direção a eles. Era Rita. Munida de um canivete alemão.
— Rita, você está viva! – grita Maria Raimunda.
— Tudo por causa da teimosia – diz ela soltando eles. – Vamos embora daqui. Vocês têm muito a saber. Eu tenho toda a verdade.
Eles saem dali e ela os leva a um carro parado.
— Qual a verdade?
— A verdade é você tirar esse carro daqui! – ordena ela.
O carro começa a andar e à medida que saem na estrada, mais explosões acontecem. Basta eles deixarem a barreira sul do distrito para que uma explosão de proporções ainda maiores se escute. Era o distrito inteiro explodindo como um lugar que nunca devia ter existido.
— Você tem a ver com isso?
— Eu não sou lerda como vocês – diz Rita.
— O que você fez? – pergunta Maria Raimunda.

— Dei motivos suficientes para eles nos matarem.
— O que você fez? – pergunta ele.
— Meu filho, eu descobri o controle de um dos drones de alta capacidade. Eu orientei o controle e apertei o gatilho. Infelizmente não havia um gatilho pro mundo inteiro.

Os três começam a rir desordenadamente, um riso de quem não sabe o porquê está rindo, mas que não se pode parar.

— Que loucura tudo isso!
— Mas você disse que tem a verdade. Que verdade?
— O que eu li vai mudar a nossa história pra sempre!
– Ela vaticina.

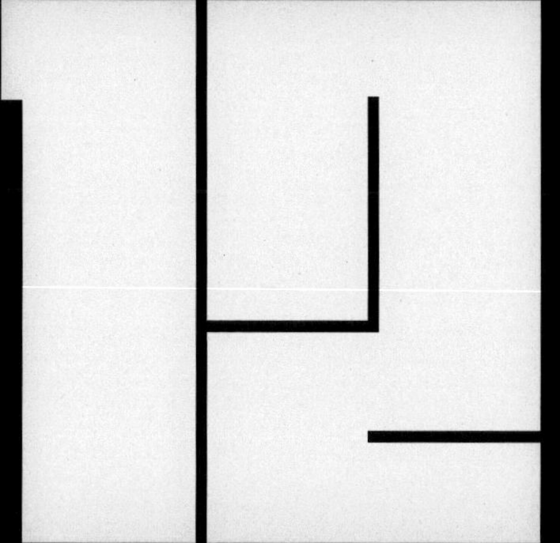

Naquele momento eles não sabiam bem para onde iriam, só tinham consciência de que não podiam ir em direção à cidade de onde vieram. Naquele momento estavam todos contra eles. Em todo o país, a notícia que estourou na manhã é que um conjunto de meliantes tinha sequestrado o sistema de segurança d'Os Israel para destruir a produção inteira de uma fábrica de cansaço.

Como se aquela gente inteira quisesse muito progredir para aquele trabalho tranquilo de presidiário, e não pudessem cometer crimes à época, porque o sistema de segurança era Os Israel, eles não cometiam crimes, mas aceitavam pequenas migalhas para ajudar os detentos no trabalho forçado. No rio não podiam pescar, a agricultura quase inexistente trazia pouco do alimento que comiam. Era uma mão que lavava a outra porque esses homens jamais seriam fichados e, por outro lado, viviam de agrados de administradores e suas pequenezas.

Incendiar uma fábrica de cansaço e mandar às favas toda sua gente era um crime nacional imperdoável que o povo faria eles pagarem.

— Temos que voltar para contar pra eles!

— Que eles, Raimunda? – retruca TioZito. – Não há eles mais! Acorde pra vida!

— Eu concordo – responde Rita, acordando de seu descanso rápido. – Temos que evitar a estrada nacional, e por isso vamos por essa estrada – diz ela, apontando para uma direção como quem vai para o entroncamento primeiro.

Diz isso, porém aponta para um caminho na estrada de chão em direção a uma estreita bem apertada, como quem estivesse entrando num cativeiro. De fato, até aquele momento estavam num cativeiro do mundo presente. Os três falavam pouco de suas situações, mas é como se naquele momento pudessem se dar conta de que tudo até ali já sabiam desde sempre, e de que o silêncio sempre foi fingido e aliado daquele passado eterno de horror.

— O que você leu é muito grave! Eu jamais pensaria que tudo que se chegou até aqui tem raiz em tanta barbaridade – começa TioZito.

— Espero que a gente fale pouco sobre esse assunto a partir de então, ou seremos mortos – adverte a senhora.

— Por quê? Meu sonho é justamente chegar lá e contar que foi assim que tudo começou, e assim que as coisas deixaram de fazer sentido – Maria Raimunda continua mantendo seu sonho.

— Você não ouviu mesmo o que ele disse? – pergunta Rita.

– Eles estarão contra nós. Não tenho dúvidas de que nem nos ouvirão. O que sabemos é muito grave, e é capaz de sacolejar a história dos donos desse mundo pra sempre.

— Eu não entendo – continua Maria Raimunda. – Meus parentes ficarão contra mim?

— Sim – responde imediatamente Rita. – Todos eles, um a um, agora querem te matar.

De fato era verdade. Com a greve nacional criada pela estratégia horrorosa de não dialogar pelos Os Israel, as duas partes pouco podiam fazer para resolver aquele dilema dos três assassinos que tombaram uma fábrica inteira com gentes inocentes, alguns com-cor, outros sem-cor, que foram mandados para o inferno numa terra em que matar era luxo se você não fosse um drone em alta velocidade. Agora, por causa disso, Os Israel estariam ainda mais dispostos a negociar com a comissão gestora nacional já que, pela primeira vez, seu armamento militar tinha sido hackeado e esse sistema seria finalmente desmoralizado. Embora tenha sido a fábrica de cansaço que foi destruída, a reputação daquele sistema tecnológico que foi ao chão. A briga entre as fábricas de cansaço e Os Israel chegaria ao fim já que o sistema tecnológico de drones iria finalmente ruir e o mundo voltaria ao negócio megabilionário de sistemas oblíquos de fábricas de donos que ninguém sabia ao certo quem era, mas que mandavam no país. Isso mediante a uma superindenização, visto que o material encontrado em seu território parecia algo sequestrado por espionagem das fábricas de cansaço. Sim, não havia porquê ter drone com aquela tecnologia numa simples fábrica de cansaço, onde, até onde se sabia, o povo no máximo quebrava pedras.

O dono daquela fábrica havia ido para a capital, queria resolver a sua vida porque, diferente de muitos ali, ele não tinha mais fábricas. Aquela era seu ganha-pão. As duas conversas anteriores não deram em nada. Eles optaram, então, por uma terceira conversa em que uma contraproposta ia ser lançada. Mal chegou perto do dia e a proposta foi desfeita por outra descoberta: Os Israel tinham sistemas inteiros comandados de dentro de fábricas de cansaço. Por isso, nas várias vezes que o sistema falhava, isso provavelmente era administrado por invasores que atuavam de dentro do sistema dessas fábricas.

Essa crise se alastrava de forma interminável.

— Por que eles fizeram isso? Se estavam fazendo devagar, se estavam matando eles devagar, por que um dia resolveram acabar tão depressa?

— Cala a boca! – grita Rita. – Cala a boca!

Um silêncio ensurdecedor se faz no ambiente.

— Olha aqui, Maria Raimunda. – começa Rita. – Essa história, que por mim foi lida, será esquecida para todo o sempre. Ninguém, absolutamente ninguém, ficará sabendo que houve um passado neste país. – Ela começa a soluçar. – Eu até vou esquecer de meu Jessé e de que ele foi parar junto desses tais pretos.

TioZito dirigia calado. Eles eram cínicos e agora iam lutar pelo direito de serem cínicos. O rapaz sabia que o limite ali era muito tênue. A estrada de chão inteira, que ia dar onde antigamente ficava Pirangi, era gigante demais para tanto nervosismo dos três. A ideia de ter ido para aquelas paragens tinha sido justamente dele, desde o início. Não dele diretamente, mas de sua inconformidade ao avistar um rio imenso se avolumando de vermelho. Agora, finalmente, sabia de onde vinha aquele sangue e de como aqueles corpos foram parar naquele lugar.

Aquilo tudo era uma sentença de morte para eles. Se antes ainda havia alguma esperança de sair daquele mundo para um outro, como apertar um botão para uma porta se abrir, aquilo era impossível neste momento. Daí a se compreender o desespero de Maria Raimunda. Seu desespero era, na verdade, uma enorme ingenuidade de contar a todos a justiça, como se isso fosse a promissória de resistência, como se a palavra realmente levasse à revolução.

A mais irritada e cansada era Rita. Ninguém tinha visto ela naquele estágio antes. Ela tinha gritado com Maria Raimunda e jogado fora décadas de experiência. Parecia uma raiva contida contra toda forma de ingenuidade ou de cinismo. Já não tinha medo, como era o caso dos outros dois. Dada a sua idade, tinha mágoa. Arrazoava no seu coração gigante e pragmático os motivos de estar ali: confirmar o que já sabia. Na realidade, talvez ela fosse a culpada por aquele fim que se avizinhava. Como não há máquina do tempo para que Rita pudesse simplesmente se teletransportar, e como foi ela quem acompanhou a transição de um passado que era proibido a toda aquela gente, ela mesma não tinha revelado que seu Jessé não era um sem-cor igual aos outros, mas de uma tez mais escura, cujo perfil chocaria a todos se soubessem.

Rita era a primeira a negligenciar aquele passado ao não falar abertamente sobre ele. Ela sabia da relação daquilo tudo com a cor do seu Jessé. Os sem-cor, provavelmente, em algum momento, seriam os próximos. Como o passado ia sendo negligenciado por todos, ao ponto de que ninguém querer falar dele, ora por medo ou rejeição, Rita apenas havia confirmado que um daqueles corpos enegrecidos, porém com menos melanina, era o de seu Jessé. Tomou a decisão mais delicada, não sabendo se seu homem estava ali ou não. Ao estar dentro daquele sistema com total controle da fábrica de cansaço e do sistema de drones, descobriu o computador, roubou o controle e fez a limpa conforme sua tradição de outrora lhe mandava fazer.

Rita não era de meias palavras. Tinha crescido mulher quando foi colocada para tomar conta dos irmãos mais novos. Sabia exatamente qual era o rumo da vida que ia lhe tomar, porque ela jamais tomaria rumo, mas seria tomada. Se lançou no mundo logo cedo e resolveu experimentar da vida sozinha um espaço de suas próprias alegrias e tristezas. Viajou cedo e acompanhou, como já se sabe, a passagem de todos os sistemas mais antigos para os atuais. Viu o superendividamento, mas não o perfeito fim das fronteiras nacionais que, deslocadas, viraram fronteiras da coalizão de comissões gestoras. O nacional se fortaleceu, inclusive nela, porque lhe aprazia viver a história de um país que jamais tinha experimentado.

Nasceu das experiências de cor. Foi dona de casa cedo, mas bem que poderia ser filósofa. Ou filósofa que bem poderia ser dona de casa. O seu Jessé é um caso tardio. Como naquela época esses homens já estivam desaparecendo, não havia ainda a possibilidade de existência de um sem-cor. Rita e Jessé estariam ligados para todo sempre num mar de desesperança que lhe atingia.

Aquele era um mundo estranho em que o interior passou a ser quotizado para uma expansão de empresas de fachada. As tais fábricas abriam rios de dinheiro em ações nas bolsas e inflavam o sistema de risco enquanto promoviam investimentos que, mais tarde, iam desembocar nas famosas fábricas de cansaço, sempre patrocinadas a fundo perdido por uma lavagem de dinheiro sem fim.

Na época de Rita, os tais homens diferentes viviam como fugitivos e sabiam perfeitamente que não havia crimes imputados contra eles. Desde que começaram a desaparecer aos poucos nas grandes cidades, migravam cada vez mais para o campo. Pouco a pouco uma irrefreada onda de mentiras passava a ser postada nos grandes jornais. Era um contorcionismo dizer que parte daquele povo era oriundo de um tráfico de entorpecentes, cuja enchente liberal já tinha destruído o país umas várias vezes antes.

Esses homens, que nem memória tinham para isso, fugiam sem saber porquê, inclusive como eles, Rita, Maria Raimunda e TioZito, estavam fazendo. Não se sabe dizer o quão escuros ou escurecidos eram, mas se sabia também que guardavam uma relação enorme com o plantio de um tipo específico de árvore por onde passavam. Tanto é que as edificações mais especiais do mundo moderno passaram a ser feitas em cima dessas plantações. No interior, muitas delas acabaram vingando e se tornando o que comumente é chamado de Árvore da Palavra, e mais posteriormente de Palabra.

Não se sabe quando, mas Rita recebeu vários desses homens em pronta fuga. Eram geralmente jovens assustados que não tinham tantas explicações, senão pronta resposta. Queriam dominar pouca coisa no mundo além de sua liberdade. Já que eram sem tempo para a vida de terror, não faziam nenhuma grande recomendação ou pedido, e eram dóceis e pouco subservientes.

Numa dessas acolhidas ela conheceu Maikol, fugitivo do morro dos macacos na antiga Tabocas. Ele já tinha abandonado o morro antes, mas tinha apenas voltado para catar umas poucas roupas que ainda guardava lá quando aqueles que, mais tarde, se tornariam sem-cor, o expulsaram temendo a prepotência das forças militares. Sofreu alguns ataques, mas, como naquela época não havia os Cota, ou os Bandeirantes, ou o sistema chamado d'Os Israel, ele escapulia com elegância e galhardia, e sobreviveu.

Ao ser acolhido por Rita, ainda moça adulta, sexo não foi a paga. Nem consta que sexo era uma possibilidade. Eram homens tão fragilizados que a saúde mental não lhes permitia o muito, mas somente o básico. As memórias, sempre curtas, eram de uma última estadia, de uma pequena felicidade no caminho, de alguém que tentou lhes contar a história de seu povo, uns tais quilombolas.

Eles não sabiam de nenhuma saga histórica. Não porque fossem negligentes com sua memória como esses sem-cor de hoje. Na verdade, não sabiam mesmo porque chegaram aonde chegaram. A sensação de não-mundo que lhes invadia era a mesma de que esse mundo era mesmo deles, e que deveriam lutar depois daquela fuga. Malmente conseguiam se reunir. Eram homens que sabiam que havia outros homens em fuga, mas, como sabiam que havia uma guerra não declarada contra eles, se aliavam e eram enganados pelos com-cor e sem-cor no caminho, que assim vieram a ser chamados no futuro.

Assim, não foram apenas as forças militares, ou os Cota, ou os Bandeirantes ou mesmo Os Israel, mas toda aquela gente que foi banindo homens pretos, ou quase pretos, já desmelaninados, mas com alguma morenidade, daquele mundo. Rita, por parir de um homem assim, manteve o pequeno sempre escondido. Naquela época não tinha adotado Sorrene ainda, e precisava disfarçar muito a gravidez. Como era um mundo de transição, e fosse uma empobrecida qualquer, uma inha dessas daí das beiras de trechos das estradas, ela optou por parir em casa num distrito, na casa de uma tal tia de criação. Ao ver a criança com traços e trejeitos de cores estranhas, a velha senhora a expulsou com a alegação de que, já velha, não morreria por ninguém. Antes, sabida que só, Rita embrulhou a criança como um presente e pôde transitar até outra casa.

O menino cresceu rápido. Não tinha puxado quase nada dela fisicamente, e sua pele e seus traços lembravam um passado que todo mundo queria esquecer. Por isso mesmo, educou o menino em casa e jamais deixou que ele transitasse de sua casa para qualquer reformado dos anos iniciais de educação.

Era uma boa professora, embora ela mesma tivesse dificuldade de ensinar tanta coisa desse mundo para aquela criança. Sob a promessa de visita de parentes, sempre dizia estar viajando e era relapsa com os encontros familiares. Fossem em outros tempos, ela até ousaria procurar o governo que, à essa altura, já tinha se revestido em comissão gestora.

O menino foi se tornando rapaz com muitas perguntas. O fato de ver que viveria preso lhe dava nos nervos. Queria saber de tudo, e ela apenas lhe escondia toda a verdade. Tivesse ela dito, com todas essas condicionais que ando colocando, o rapaz teria entendido fartamente ser um inimigo declarado de uma guerra de sempre.

Foi preciso, assim, mudar para uma roça braba. No mato tinha mais lugar para esconder o seu rapaz. Por isso, da sede da Mocambo foi para um lugar bem distante, num areal de dentro e passou a trabalhar com roupa de ganho, cuja andada para pegar e levar beirava os 30km. Nas bocas de estrada sempre se estreitava nas boleias de caminhões pequenos e caminhonetes abertas. Na maioria das vezes ia lá atrás junto com as mercadorias todas.

Ela não tinha percebido, porém, que o menino andava se indagando demais, e não mais recorrendo a ela. O peso da liberdade, ou da falta dela, tinha batido muito forte no seu coração de moço, e ele agora a queria mais do que tudo. Desafiando este mundo de limitações, ele tentou uma primeira fuga, mas não teve coragem de ir muito longe porque, se deparando com cães grandes, que mais latiam do que mordiam, não teve a coragem necessária para romper. Voltou de lá estarrecido por não saber direito como lidar com esse medo imbecil.

Rita fazia de tudo para agradá-lo. Desde ninar um menino grande, de alimentar na hora certa, de contar causos profundos do passado daquela civilização fictícia, até de passear até uma cachoeira, que era a grande coisa que os unia em vida. Passavam horas tomando banho e comendo pequenas besteirinhas.

Foram tempos de enorme solidão e, ao passo que as perguntas pareciam abrandar, os cuidados jamais diminuíam. O menino sabia que ela era a coisa mais divina do mundo, uma imanência do supremo invisível da natureza e, como se a cabeça o levasse a uma dimensão do inexplicável, se sentia supremo nessa relação com ela e a cachoeira. Mas não se dava bem com o mangue, por exemplo. O rancor que o mangue lhe produzia se deu em um dia de quarta, quando ela o levou para catar animais do mangue para o alimento, e aquilo acendeu nele uma relação de febre de três dias.

Mas o buzigo queria também a liberdade. Queria tanto que, aos quinze, já pensava consigo mesmo como fugiria. Como todos os meninos de quinze, só pensava naquilo como uma prisão. Era de fato uma prisão ter todos os passos controlados. Acordava porque era acordado. Tomava café com banana da terra ou cuscuz de coco, o que o fazia ficar horas bem alimentado, e sempre almoçava um pirão d'água com carne seca ou uma mistura de farofa d'água com carne de sol. Passava o dia com ela. Se ela ia ao mangue, era com ela que ele estaria. Se ela fosse capinar a manga na frente, com ela estaria ajudando na capina.

Ela, é óbvio, percebia com muita tristeza e temor essa solidão. Ela sabia e guardava consigo um temor que só as mulheres daquele seu tempo sentiam, ao passo que as de hoje vivem desmemoriadas de sua história e são cínicas de seu tempo. Por isso mesmo, era a cachoeira a fonte de tapear o seu menino. Ele amava. Ah, como amava! Mas ela, finalmente, podia descansar tamanho temor de sempre quando via aquele homem escuro, tão caro àquele tempo, nadando de um lado para o outro, brincando sozinho de dono da rua, no meio daquelas águas turvas do Poço da Moça.

Era um menino desses que andam, quase sem importância, pelas ruas do mundo e do país. Mas preto, legitimamente preto, iconicamente preto, empretecido como nunca. Tinha em si um passado que não conhecia, estava protegido de uma guerra que não tinha sido sequer convocado para guerrear, e tinha a proteção que não tinha pedido para ter, ainda que ela fosse sua mãe. Ela evitava debater com ele suas diferenças, mas foi quase impossível para ele não perceber, ainda com muita inocência, a cor clara de sua protetora:

— Mãe, por que você é diferente de mim?

Ela dava justificativas alheias. Ele não as compreendia e só alimentava seu intento de ir embora, de saber de fato o que era aquele mundo. Ela fingia também que tinha acreditado que seu buzigo compreendeu.

Certo dia o momento chegou. Ele aproveitou que ela foi lavar umas roupas e sumiu. Ela não demorou muito a perceber e saiu correndo atrás dele. Correu as sete freguesias, andou até cansar, suou e, ofegante, se entregou. Não era possível que tinha perdido seu rebento. Foram instantes até que perdesse para todo o sempre o trunfo de sua história, a única razão de sua existência.

Ao voltar para casa, ainda tonta, viu pegadas de sangue numa beira. Desmaiou ali mesmo. Só voltou a acordar dali a cinco horas, sem seu menino, sem seu rebento, sem nada. Precisou de muito para conseguir sobreviver. Aquela dor longa era como algo que sempre carregara consigo, dada a guerra que sabia. Se culpou. Ainda atônita, e já sem sentido, se enterrou nesse mundo de tristezas, mas não de conformação que é hoje. Uma cínica triste.

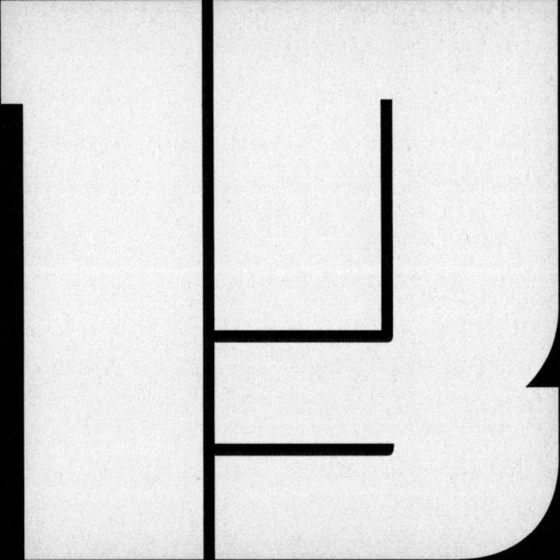

Era um país com uma comissão gestora, e não de governos. No passado, o país chegou a um limite óbvio daquele modelo de indicação via governos. Não dava certo devido ao seu caráter popular porque, a cada interstício, o povo inteiro, não importava como cada pessoa era ou seu caráter, era convocado para escolher representantes que iam compor os governos nacionais, os estaduais e em cada cidade. Um modelo que foi falindo aos poucos, se tornando confuso e pouco resolutivo, dando lugar a uma comissão gestora do mercado.

O mercado mais quebrava do que se erguia naqueles tempos. A cada interstício, o povo fazia escolhas cada vez mais aleatórias aos desejos dos mercados. E, como o mercado de ações e valores imobiliários valiam mais do que uma pessoa comum, e já estavam as empresas cansadas de disputar o crédito público com o povão, houve um grande complô, e um golpe foi dado nos governantes.

A partir de então, cada político devia bater na porta de uma grande empresa e apresentar seu currículo. Os lobistas logo conseguiram as melhores posições, pois, além do básico conhecimento empresarial, já tinham acesso total ao conhecimento da coisa pública. Outros, coitados, eram ensinadores em lugares que, naquele tempo, não era chamado de reformado, que era onde as crianças eram mandadas.

— Vossa Excelência, o Senhor foi deposto! Agora formalmente.
— Pode ficar tranquilo, Eurives! – responde o presidente.
– Como você sabe, só temos a comemorar esse grande negócio.

E tinha mesmo sido um grande negócio. Venderam praticamente todos os bens para bancar um grande fundo soberano para que o mercado assumisse, com direito a um superseguro internacional em um fundo de reserva de ouro. A ideia é que a regulação da taxa de juros se mantivesse um acinte para que os rentistas continuassem a lucrar com suas aplicações básicas até um limite próximo.

O comitê gestor nacional seria composto de executivos de 50 empresas, em que um ocupava o lugar de head. Empresa é até um nome carinhoso para aquelas corporações. Eram quase todas companhias improdutivas, que andavam lucrando mais com o marketing e suas aplicações na bolsa, além dos juros da dívida pública, do que propriamente de sua produção, porque não investiram, ou investiam pouco. Os CEOs dessas empresas compravam dezenas de apartamentos de todos os tipos, e acabavam também vivendo dessa especulação. Como havia rumores por toda parte, não é de admirar que a comissão gestora só pretendia isso no governo.

As primeiras políticas estabelecidas até então não eram tão diferentes daquelas empreendidas por governos anteriores. A diferença foi a agressividade. Eram renúncias fiscais altíssimas, em que se criou uma cesta multibilionária para recompor o capital de cada grande empresa, a agremiação de bancos como formuladores de política de desemprego e câmbio, o rebaixamento de instituições que eram públicas, e que agora passavam a ter seus papéis especulados num sistema de patrocínio.

Assim, de hospitais a hospícios, de reformados a quadras, tudo devia ter patrocínio para o incentivo da autogestão. Como obtinham pouco investimento, esses lugares foram aos poucos fechando as portas.

— Mas, Sua Excelência, não podemos oferecer nada mais do que falamos! – diz a reitora.

— A Senhora Vossa Magnificência só deve estar de brincadeira! Como vou colocar um milhão num projeto que não vai me render nenhuma visibilidade?

As coisas não paravam aí. Era preciso inovar também nas forças policiais. Eram forças antigas, já em franca decadência desde sempre. Por isso mesmo, a grande chance foi importar o que havia de melhor no mundo, e dos Estados Unidos veio a permissão de transferência de tecnologia direto de Israel. Ocorre é que a própria comissão gestora não se preocupou tanto com essa transferência, o que acarretaria o investimento em gente incompetente nacional. Só bastavam então os sistemas.

~~~~

Os drones eram a grande inovação daqueles tempos. Vários investimentos nos drones civis não chegavam aos pés dos investimentos militares. Há muito tempo eles eram usados como mecanismos não tripuláveis de extermínio. Porém, naquela época, somente bombas cabiam nos drones, o que garantia a morte de muita gente, mas não a punição necessária, pontual e direta a criminosos detestados nacionalmente.

Naqueles tempos, como hoje, o inimigo interno parecia pior do que os externos. Como as fronteiras cada vez mais eram definidas pelo mercado, o país se preocupava cada vez menos com a proteção de um dado espaço estratégico. O que preocupava com força era a violência. Por isso, quando aqueles instrumentos passaram a ser treinados para ter velocidade, a transportar uma arma de pontaria tecnológica e a ter capacidade de execução específica de criminosos, foi uma revolução. Aquilo encantou a comissão gestora tanto que eles se contentaram com o recebimento de equipamentos já usados em vários países.

Para isso, se acionou um banco de dados de perfis faciais reconhecidos onde os tipos raciais pudessem ser executados com maior facilidade. Não deu outra. Juntando o banco de reconhecimento facial com a facilidade de ler aqueles dados e atuar nos céus, os drones passaram a vasculhar o país de lado a lado. Eles levaram pouco mais de um mês para um detalhamento absurdo dos traços daquela gente. Como se ainda tivessem problema, e como se as máquinas fossem velhas, os falares se tornaram os traços distintivos mais preponderantes. Tanto é que, à medida que uma comunidade se tornava mais homogênea nos traços, apenas na linguagem se diferenciavam uns dos outros.

Cada drone era equipado por microfones capazes de ouvir com preciosidade a uma distância absoluta de dez quilômetros desde os céus. Isso era muito. Mas não precisavam ouvir todo mundo.

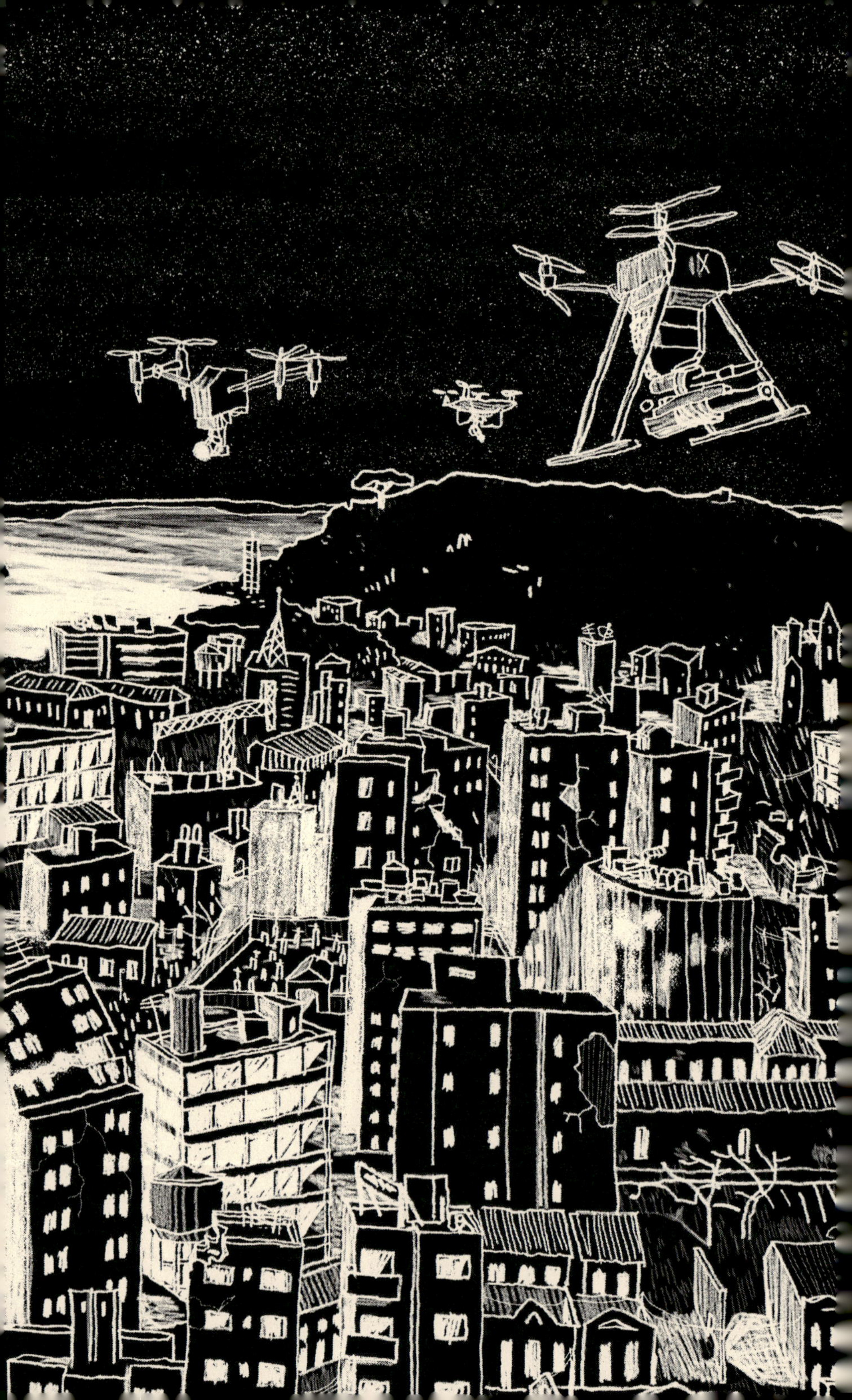

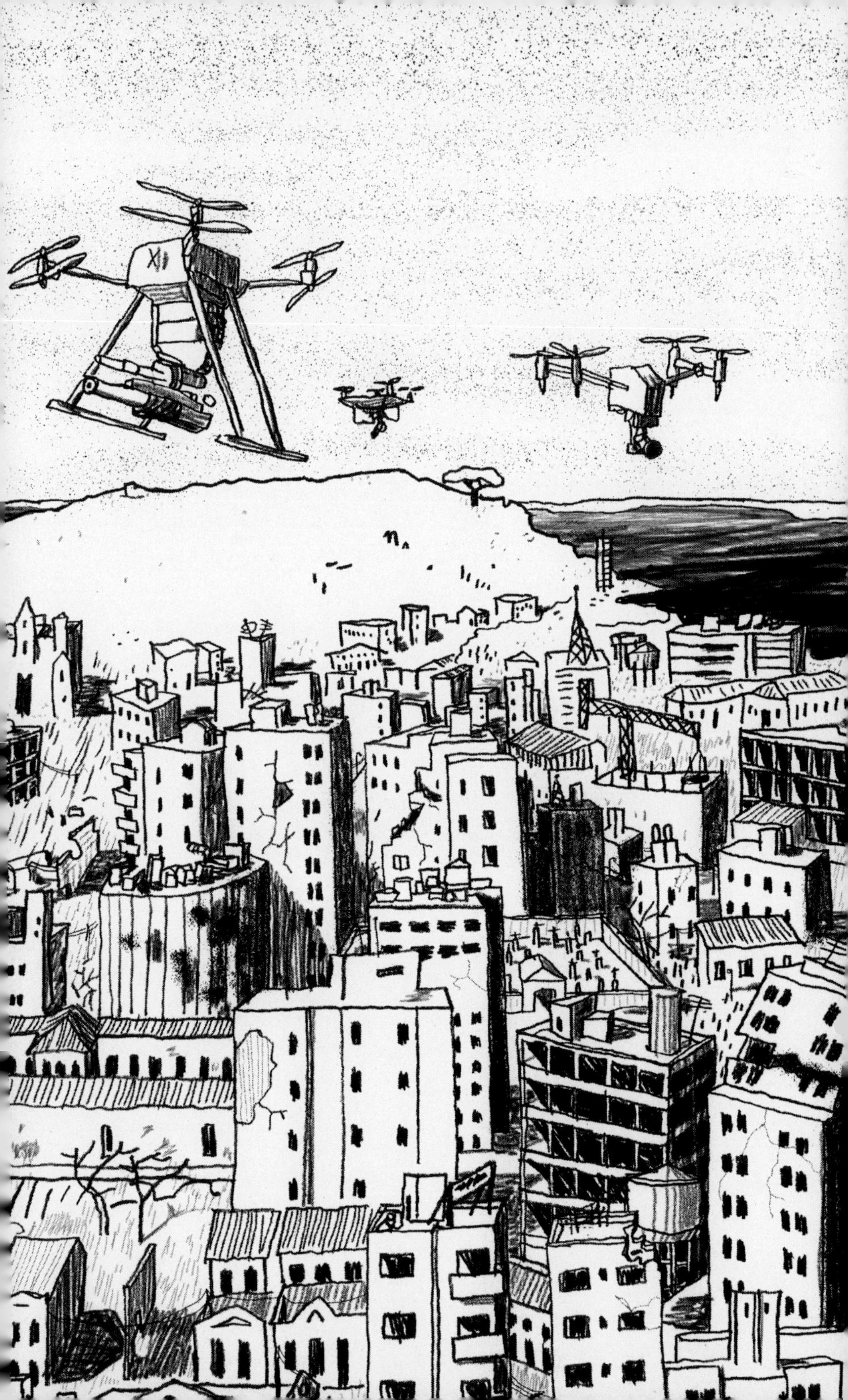

Cada registro era traduzido como bit e guardado com aquele traço segmental específico da fala. A fala só era gravada mediante investigações e megaoperações.

A tal operação dos pretos era uma delas. Quando se soube dessas operações, as empresas temeram o escândalo. A imprensa, sempre companheira desse modelo, se colocou à disposição para ajudar no movimento pela paz.

A grande explicação para o movimento era a escassez material de alimentos. Eles temiam que uma população muito diferente, de mestiços muito claros, brancos e uma população escurecida pudessem entrar em choque num campo de batatas. Os mestiços eram em boa parte um problema, mas se acostumavam melhor a uma posição de subalternidade concedida, controlada e motivada. Os pretos não. Esses precisavam sumir do mapa. Aos mestiços lhes podia conceber outro modelo que estava sendo planejado, as fábricas de cansaço.

— Esse plano não poderia vir do setor do aço – diz o presidente de uma empresa ao seu corretor.

— Não veio, mas eles apoiaram.

— Apagar esses sujeitos teria que ser um plano impecável! Impecável!

— Todos sabemos, senhor!

— E o que fazer com os tais outros, esses que trabalham, inclusive, entre nós?

— A sugestão é que se façam fábricas de matéria-prima bem básica. Elas até existem. São as fábricas de cansaço.

— Como a da pedra!

— Isso!

— Mas eles precisam ser presos! Não temos cadeia para todos eles nessa.

— Eles vão votar uma condenação por crimes de antepassados, e parece que essa gente inteira tem culpa no cartório, senhor.

— Pra um bom corretor você até que está bem informado!

O plano passou com enorme facilidade na comissão. Quase não houve discussão, porque a apresentação do representante da empresa foi arguta e necessária. Ele apresentou em detalhes cada forma de atuação. Não seria necessário o alarde de uma guerra. Cada corpo ia desaparecer devagar até que não existissem mais. Além disso, as condições de desaparecimento não podiam ser explicadas. A proibição devia incluir pequenas rádios que, com o tempo, foram fechadas. Se alguém ousasse desobedecer, não só sua vida estaria em risco, mas a de todas as suas gerações, fossem quem fossem.

Aqueles drones eram excelentes. Eram capazes de fazer a limpa de jovens pretos caminhando sozinhos pelas ruas do país numa rapidez incrível. Como eram aparelhos inteligentes, muitas vezes os vestígios nem ficavam. Era suficiente destruir e executar um plano que impossibilitava a descoberta do que aconteceu ali.

Foi aí que surgiu a crise sobre os corpos.

— O que fazer com um corpo que poderia, ao mesmo tempo, chocar aquela população e fazê-los se rebelar?

— Isso também foi pensado, Doutor! Os rios!

— Mas não ficarão vermelhos, Nelson? Digo, depois que todos esses corpos forem jogados.

— Dizem nossos biólogos que só depois de muito, muito tempo.

De fato, um rio não ficava vermelho com 50 mil cadáveres. Isso só veio acontecer com milhões.

O país não se chocava com o que ia acontecendo porque realmente não haviam vestígios. Eram desaparecimentos controlados enquanto uma regulação contra mestiços estava sendo estudada com todo zelo. Haviam muitos fatos que depunham contra aqueles coitados. Quase sempre se metiam em brigas ou tinham antepassados que se meteram. Era obvio que, com a lei aplicada, somente um grupo iria pagar, como sempre foi.

As primeiras condenações nem foram de briga, mas de um estupro, que um avô de um jovem tinha praticado no passado. Ele não só pagou como entrou para a história como o primeiro prisioneiro a ocupar uma posição numa fábrica de cansaço em São José da Vitória.

~~~~~

Os reformados eram instituições dos sem-cor desde que esses passaram assim a ser chamados. Quando todo o sistema das fábricas de cansaço já estava em pleno vigor, viu-se que as crianças sem-cor, filhas de pais e mães sem-cor, normalmente eram os piores alunos.

O rendimento dos sem-cor, em geral, atrapalhava e muito o conteúdo dado nos treinos. Era impossível acompanhar o desenvolvimento de um daqueles meninos problemáticos. Rebeldes, quase sempre tratavam com desdém e falta de educação aos coaches e orientadores pedagógicos. Além disso, os pais, trabalhadores de fábricas de cansaço ou de comércio de base, nunca se interessavam pelo acompanhamento educacional dos filhos.

— Uma coisa é certa: ali é caso perdido – dizia Sarlene, professora de matemática, para a diretora Izabela.

— O pior é que ele já atrasou três anos. Vai sair já do caderno social, o benefício do governo.

Os casos perdidos foram aos poucos se amontoando. Não se sabia direito o que fazer porque, desde que a educação foi se expandindo, grande era o temor contra a queda da qualidade que, por mais que fosse uma falsa polêmica, era crença de todos. Não era a educação que estava piorando, mas a capacidade daqueles sem-cor de se manterem na escola, e dos pais sem-cor de acompanharem devidamente o desenvolvimento dos saberes dos seus filhos. Era uma questão mais econômica do que cognitiva, mas todos preferiam acreditar que os sem-cor eram um problema por serem quem eram.

Por isso, os reformados foram criados. Bastou uma única discussão e a comissão gestora nacional aprovou a sua criação. Quanto mais localizados no interior do país, maior era o número de reformados. Um exemplo é que, com o pleno desenvolvimento tecnológico da indústria nanotecnológica nas cidades, não haveria mais um forte interesse de criar plantas industriais nos grandes centros como antes. Como os sem-cor viviam antigamente nesse tipo de emprego, a partir do momento em que essa indústria deixou de existir, isso fez com que centenas de milhares deles migrassem para o interior do país. Isso gerava uma enorme concentração de violência que só os reformados supostamente resolveriam desde a escola.

Um reformado era um prédio grande com grades e muitos portões. Normalmente tinham também quadras de esportes, uma sala com espaço para lanche e uma cozinha onde, geralmente, o lanche era preparado. Quase sempre biscoito com café, às vezes uma maçã com um chocolate quente. Além disso, não havia treinadores ou orientadores pedagógicos. Quem ensinava eram professores. Durões, sempre começavam as aulas com ditados intermináveis com termos extraídos das leis.

A grande importância dos reformados era a disciplina. Havia horário de entrar e horário de sair, diferente dos espaços tradicionais, onde o ensino era híbrido, não havia grandes disciplinas a serem cumpridas e os estudantes podiam escolher o que queriam estudar. No reformado o estudante não tinha esse poder. Ele já recebia as disciplinas prontas e tudo era rigorosamente controlado.

Era fácil educar aquela legião de sem-cor porque, como os pais não estavam em casa e quase sempre gastavam boa parte do dia no comércio de base e nas fábricas de cansaço, os reformados serviam para educar de verdade aqueles meninos. No início, as meninas não eram incluídas nesses lugares. Mas, como elas também passaram a dar trabalho nos ambientes mais tradicionais, foi necessário abrir uma brecha na lei e oportunizar a entrada delas para que a reforma pudesse acontecer devidamente.

Os professores eram sérios, não abriam nem um sorriso, mas as aulas – comumente sobre conhecimentos gerais, escrita e reprodução de textos do país – eram mais ou menos boas. O grande foco eram os grandes cálculos que os ajudariam futuramente a ajudar numa fábrica de cansaço, ora como prisioneiros ou como ajudantes dos seus pais.

É por isso que, depois de uma certa idade, os homens já não podiam ficar integralmente, porque tinham que cumprir o período e estágio, que era justamente no carregamento de pedras dentro das fábricas de cansaço, onde a família deles estavam.

A partir do momento em que os reformados passaram a existir, os problemas com a educação foram reduzindo. Isso porque as punições eram por demais severas naquele lugar. Quando um sem-cor em reforma aprontava, ele passava dias ajoelhado no milho jurando à bandeira da comissão gestora. Era um ato apoteótico, muitas vezes registrado por quem passava por ali e divulgado pelos canais de TV como contemplação da cultura da ordem.

Os reformados davam certo, e isso era motivo de muita felicidade. No fim os sem-cor ficavam mais felizes e produtivos e não havia motivo para punições fatais por parte d'Os Israel.

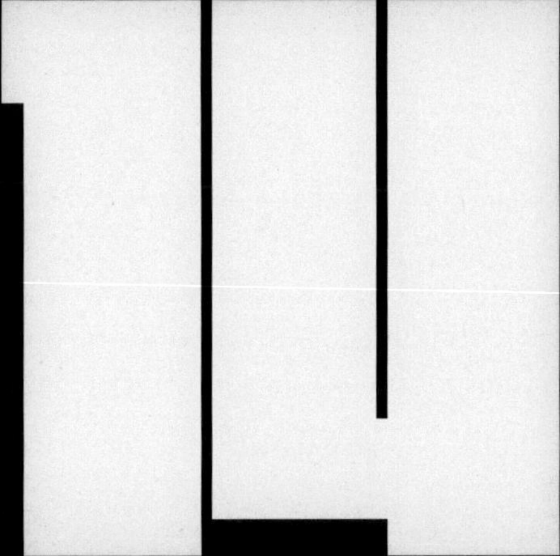

O rio sempre foi imponente. Há muitos anos, quando a chuva caía forte, ele transbordava em cima da ponte. Os anos foram passando e a chuva ficava cada vez mais escassa. Havia anos e anos sem que aquele fenômeno acontecesse. A quentura era maior porque os sensores dos arranha-céus se mostravam mais precisos no impedimento da circulação de vento a cada dia. Dentro de cada prédio, porém, havia ares-condicionados de muita qualidade que, com seu poder, impediam que as pessoas ali dentro pudessem morrer de calor.

Fora, porém, havia um calor insuportável. Por isso, tanta gente amou migrar para a zona rural, que apesar de ter água poluída, tinha um pouco mais de vento. Aquelas paragens eram também mais confortáveis porque podiam, aos troncos e barrancos, permitir o plantio do próprio alimento para nutrir aquela gente. O seu próprio tempero podia livrá-los de dependerem cada vez menos de uma inexistente vida industrial.

Num passado, não tão distante, não havia um só rio no país. Aos poucos, o grande volume de água barrenta foi mudando a geografia de tudo, além do volume, a cor. As águas foram ficando mais turvas e mais avermelhadas, como se aquele sentimento fosse de amor pelas gentes ribeirinhas que, ao terem de viver da pesca, tinham que se contentar com a cor de gente de seu sangue na água.

Aos poucos, o que eram vários rios passou a se encontrar na foz que, ao ser banhada, virava o mesmo rio, sempre correndo para algum lugar. Afluentes agora se misturavam a leitos e formavam um todo sempre crescendo, e com a cor cada vez mais escurecida. Finalmente, depois de anos, não importasse a seca e a falta de chuva, o rio passava de novo por cima das pontes. Aquele era um fato quase inédito, e que dava saudade para muita gente. Acontece é que, dessa vez, a água era finalmente vermelha.

Gabriel Nascimento

Alguém poderia, por acaso, se perguntar se aquela gente era mesmo bobinha quanto parecia para não notar, sem explicação, uma água que era mais avermelhada, embora o gosto permanecesse incólume. Mas, naquela altura, já havia Os Israel, a carreira dos Cota, que eram vigias de todas as gentes, e os Bandeirantes, que décadas antes, tinham matado muita gente que passava a comentar assuntos proibidos.

A água do rio nunca foi proibida em ato oficial. Mas, estranhamente, todos sabiam que não podiam comentar sobre. Os sumiços eram quase sempre frequentes, mas, por terem em sua memória gerações de sumiços sem explicação, sem inquérito, sem nada, as pessoas sabiam que o silêncio era o melhor remédio para se cuidar.

Ao passo que o silêncio crescia, a água ficava da cor de um vermelho pouco reversível. Era como se o rio não corresse mais e não pudesse se limpar nessa trajetória. As crianças, que são os seres inteligentes mais perguntadeiros de todos os tempos, até tentavam, mas eram ignoradas por suas mães sem-cor.

— Mãe, a cor do rio tá ficando mais vermelha a cada dia. Hoje tá parecendo sangue grosso, mama mi buzita! – O menino fala tocando a água enquanto a mãe pesca as águas barrentas.

— Enzo, dengo d'eu, pega água lá pra ti buzita beber, mó carneirim! – diz ela como se estivesse sendo filmada por algum programa desses de TV.

Depois de um tempo, já era tácito que qualquer ato de linguagem já estava sendo registrado por tecnologias de alta qualidade. O grande convencimento, porém, criava outra estabilidade, que era a da ocupação. A maioria dos homens tinha ocupação em fábricas de cansaço e alguns até eram promovidos à posição de Cota nas redondezas.

O gosto da água do rio era o mesmo. Era até melhor do que antes. Uma sociedade industrializada à exaustão sabia agora proteger seus recursos hídricos. Produtos químicos de todo tipo eram usados para dar a impressão do mesmo gosto, ao passo que o povão caía feio de cama depois de usar a água. Por isso, para fins de cozimento dos alimentos, uma indústria da água mineral se espalhou, atingindo infinitamente aquela região. As pessoas viviam para pagar por água para produzir o óbvio, desde um café, que, por conta do preço, era mesmo um "chá-fé", até uma banana cozida.

Os alimentos eram meio óbvios. Como faltava proteína animal, que tinha se encarecido com o tempo e se industrializado deveras, as pessoas apelavam para a mistura de raízes, entre eles: fruta-pão, inhames, aipins, bananas com arroz e batatas amassadas. Moquecas de ovo eram bem comuns também, sempre com coentro largo para aromatizar o sabor e azeite de dendê. Eram gentes que sobreviviam à base do chá, pois aprenderam que ajudava a sustentar o corpo vazio e faminto por causa da relação de afetividade e contento neles. O capim-santo, por exemplo, curava uma boa ressaca moral, porque acalma o espírito quando a cabeça não está no lugar, e a erva-cidreira sempre ameniza a vida. A água de alevante sempre foi boa para muitos males, não se enquadrando direito como justiceira daquela vida triste, o alecrim e o gengibre tinham se tornado chicletes nas bocas sábias daqueles tempos. Porém, como o chá também dependia de água mineral, eles só valiam porque injetavam saúde na desesperança daquele povo despedaçado e cínico.

Um mesmo rio a banhar o país era uma forma de dominar e perseguir os objetivos do milênio, tendo as idades revolucionárias da história acabado com a dimensão do tempo e com as fontes esgotáveis do mundo. Um rio era motivo de grande cuidado. Era muito raro que esgotos urbanos fossem despejados naquelas águas. As cidades sustentáveis tratavam de seu próprio problema de esgoto como se fosse uma limpeza da cozinha de casa, o que gerava um verdadeiro temor em quem ousava jogar lixo e esgoto em lugares inapropriados. Não há confirmações, mas os drones já tinham punido muita gente que fez isso.

O mar já não conseguia esconder, que, embora despoluídos, os rios guardavam uma cor mutante. De quando em quando se renovavam, mas agora, a exemplo do rio, já não conseguiam esconder uma vastidão vermelha na imensa costa que atravessava aquele país continental.

As praias passaram a ficar desabitadas pelas gentes sem-cor e os com cor, com posses e bens, migravam para o sul, onde as praias não tinham aquela cor. Por isso, mansões inteiras acabaram como mausoléus, sempre ocupados por populações de mortos de fome. Havia chances de encontrar comidas estocadas naqueles templos de imensa riqueza. Por isso, ainda que não se pudesse tomar banho numa água feia e sem o brilho azul-verde de sempre, a ida até a praia por multidões de famintos era uma opção constante.

As cachoeiras eram as maiores fontes d'água daquele tempo, porque eram o único espaço com água real. Porém, como aconteceu com as praias há muito tempo, elas foram sendo privatizadas. Hotéis grandes foram construindo seu espaço em propriedades com cachoeiras, onde podiam fazer estações minerais, assim que se pudesse justificar uma verdadeira indústria da água.

A estrada para a cidade parecia muito longa para os três. TioZito já tinha se perdido muitas vezes nas rodovias por dentro. Depois do que aconteceu, eles sabiam que o destino numa rodovia estava perfeitamente vetado. O caminho por dentro, por outro lado, ia dar lá.

— Eu já falei para não virar aí.

— Deixa eu guiar, Maria Raimunda.

— Ai, meu pai. — Rita interrompe os dois. — Será que vocês podiam trabalhar mais em conjunto e brigar menos, pelo menos agora?

Ela andava pensativa. Dos três era a que mais conhecia, mas também a que se sentia mais culpada. Do que adiantaria ter dado com a língua nos dentes se não podia evitar o que aconteceria com eles?

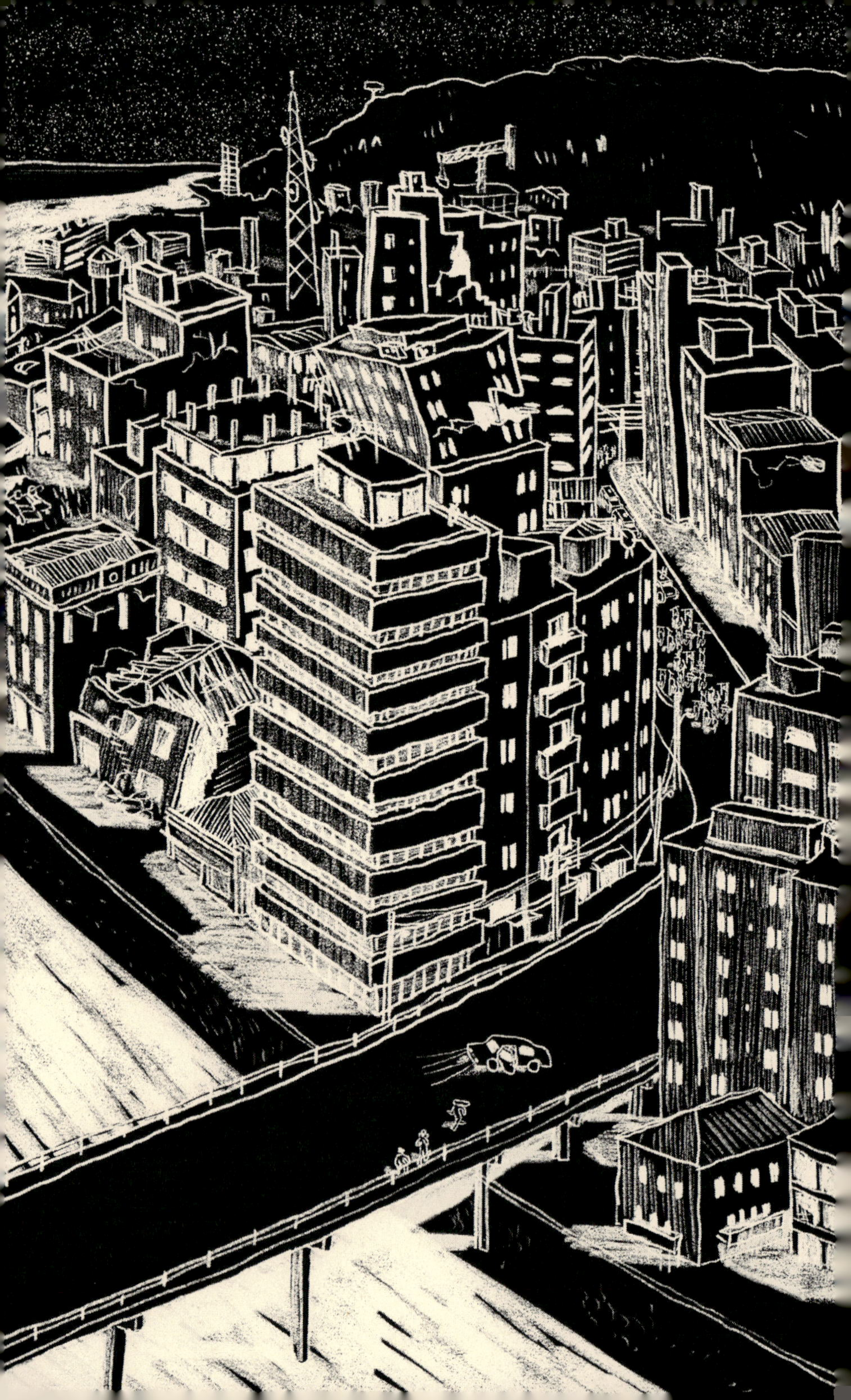

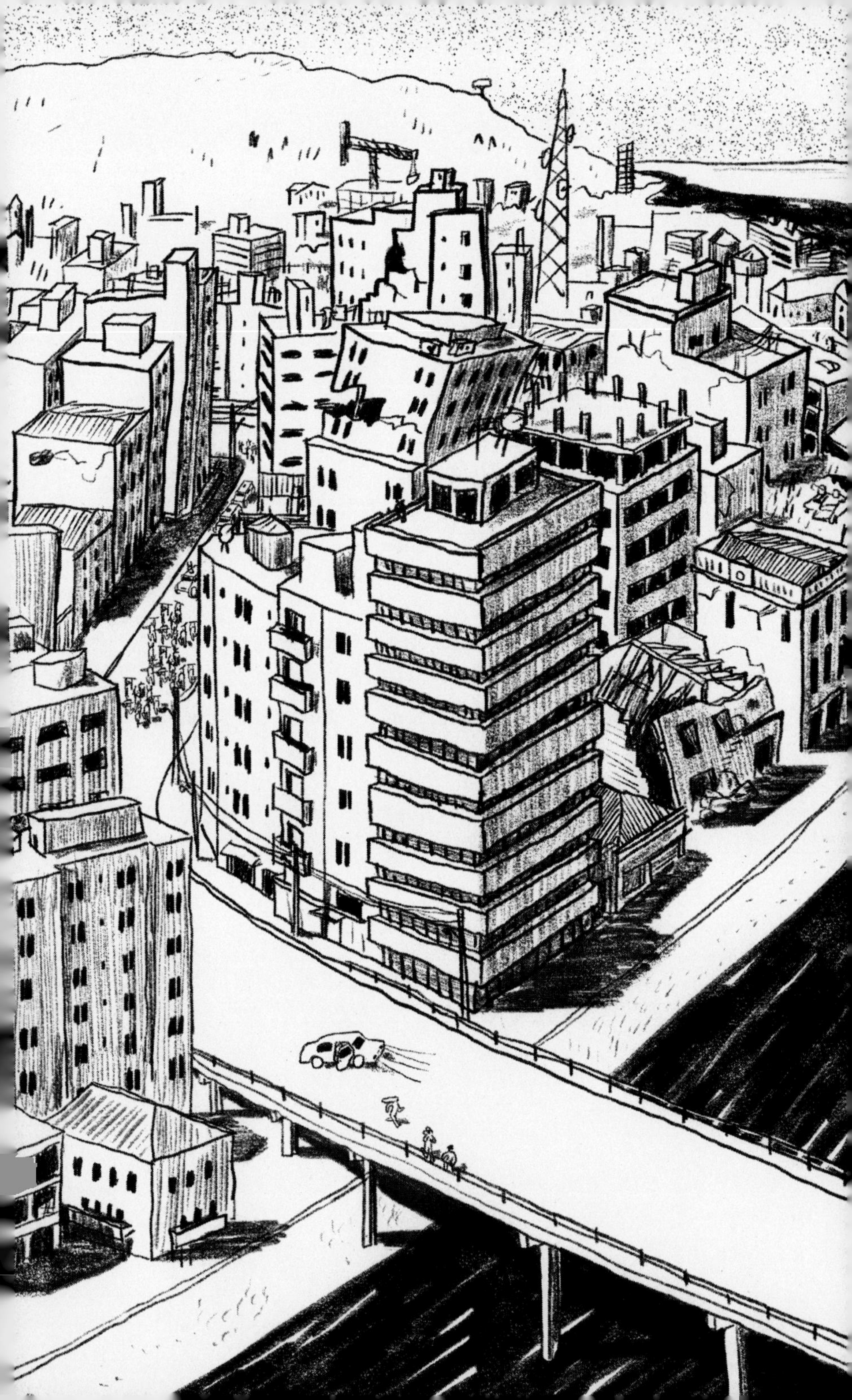

Agora, já numa estrada íngreme, se avistava lá embaixo a grandeza vermelha do rio.

— Olha o rio... – respira TioZito para, por fim, terminar a frase. – Melaninado!

— Melaninado.

Eles voltam a andar, passaram uns dez minutos calados sem que o ânimo os pudesse disciplinar. Era um caminho longo até o fim.

— Rita, tudo vale a pena? – Ele pergunta.

— Tudo?

Ela respira senhorilmente e responde com a coragem dos mais novos.

— A vida vale a pena desde que a gente se incomode com o mundo presente, meu filho.

A partir dali a viagem foi em um silêncio até a última barreira que dava na cidade, por dentro de uma das entradas entre Água Preta e a cidade deles. Eram valentes e sabiam estar agindo por imensa valentia. Embora o temor, que sempre arrebenta os corações, já não havia o que arrefecer.

O carro estava com o rádio quebrado, o que dificultava com que eles soubessem o que se passava na cidade.

— Vocês têm que ser forte! – A senhora arrebentava ainda mais os corações jovens deles dois.

— A gente vai ser, dona Rita! A gente vai ser! Não se preocupe. Já fomos o suficiente até aqui, e vamos continuar sendo.

~~~~~~~~~~

Na cidade rojões eram soltos e muita gritaria chafurdava as ruas.

— Vamos pegar eles! Não demora lá, ela dá a ideia, e eles vão vir pa cá.

— Luile, vá pra casa – dizia a mãe para sua menina que, confusa e atônita, queria ver o que ia acontecer dali a horas.

— Não, mãe. Também quero ficar aqui. Também quero que eles paguem por roubar o emprego de painho.

— Mas eles são ferozes, amorzito. Eles num vê, xô te falar, momenga, eles são ferozes e comem coração de crianças gordinhas que nem tu.

Nem isso fazia a pequena menina desistir. Ela estava tão impressionada com a ideia de que seu pai sem-cor ia ficar desempregado para sempre que não se importava o quão ferozes fossem, ela os enfrentaria ao lado de todos. É realmente difícil ficar desempregado por causa de criminosos sem coração.

— Teu marido já chegou, mulher?

— Não, Verônica. Mi homem tá decepcionado demais de sair da cansaço sem um nada por causa desses marginal. Disse que se vim, mata todo mundo inclusive eu. Como já me bate sempre, tu até sabe, até prometi passar a noite aqui apoiando o movimento.

— Mas e a menina?

— Ela quer ficar aqui! Eu acho que no fundo isso vai alegrar ela no meio de tanto inferno.

A cidade estava em festa. Era uma fúria festiva como de um povo que finalmente ia poder se libertar fazendo justiça com as próprias mãos. De cínicos com direito ao seu cinismo; de sabedores de um passado covardes que iam se despedir das frestas desse passado para poderem continuar vivendo. Até ali era difícil entender que era possível que as gentes pudessem se vingar diante das tamanhas injustiças que sofriam, mas, finalmente, depois da crise do sistema Israel e das fábricas de cansaço, não conseguirem retornar à normalidade, eles podiam tomar as rédeas e fazer com aqueles três meliantes pagassem.

— Que horas vocês acha que os mamulengo vai chegar por cá, mané?

— Francamente, não faço ideia. Mas idiotas como são, as TVs acham que sabem que os drones não vão sair da greve tão cedo e por isso estão retardando a viagem.

— Você acha?

— Acho que eles estão achando que ainda tem esperança na vida deles.

Eles não achavam. Eles sabiam perfeitamente que o luto era o lugar deles. Mas não o luto de sempre, aquele que se sente só na partida de alguém. O luto de si próprio, de uma transição medonha e difícil que se faz em vida. Eles bem sabiam não haver nada mais a fazer senão uma paciência medonha que é, ela própria, revolucionária.

Enquanto a cidade festejava o seu fim, eles se preparavam para um arremate programado, sendo aquele que se chega depois de se fazer o que tinha que ser feito.

— Corre menos, TioZito!

— Não estou correndo, é você que não tem noção de velocidade.

— Ela tem razão – confirma Rita. – É que assim a gente antecipa o que não se pode antecipar.

As palavras dela eram sublimes. No fundo ela enxergava na frente deles que, quanto mais rápido aquele carro cruzasse a estrada e chegasse ao Vilela, mais rápida a morte os acometeria.

O rio, como que por milagre, crescia com enorme correnteza como se quisesse a tudo levar. E as condicionais do rio seguiam com ainda mais força, avançando em pequenos vilarejos onde antigamente pescadores se reuniam em associações pesqueiras.

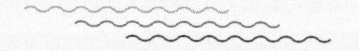

~~~

— O senhor sabe o que vai acontecer?

— Perfeitamente, Doutor Iajime! Perfeitamente! A caçada a eles começou por nossas mãos, com Cota a nosso mandado destruindo e atazanando a vida desses imbecis. Mas vai acabar da melhor forma. – O homem bigodudo levanta de sua cadeira e caminha para uma janela, de onde se pode ver o rio.

— De que forma, Doutor?

— Com o povo contra o povo! Eles só vão acabar o que começaram anos atrás, e vão finalmente acabar com a linhagem maldita que quase afundou nossa boa história. Finalmente vamos desenterrar a maldade e a perversidade que sempre tiveram no interior do coração deles. Finalmente vamos ativar o sistema dos drones, ignorando nossa própria disputa com Os Israel, e vamos matar dois coelhos com uma só cajadada. Os drones, que farão a maior devassa da história, e as gentes pobres que espalham o horror há muito tempo pelo mundo – começa a rir de lado o velho.

— E o que senhor pretende fazer depois disso?

— Eu vou sumir no mundo, vevéi! – Continua rindo, como o dono de um plano que já tinha dado certo desde o berço. – Vou controlar tudo de onde eu estiver e vou sumir porque o dinheiro não tem fronteiras.

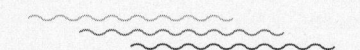

~~~~~~~

Naquela noite o menino Afonso faria anos. Especificamente doze anos. Ele estava afoito para ver o que aconteceria em minutos. Era um sistema armado de varapaus, facões e podões à moda do campo.

Eles cruzaram a pequena estrada que dava para a rodovia e, em cinco minutos, estavam ladeando o rio, que se mantinha à direita. De longe era possível ver uma multidão subindo enfurecida com armas básicas de todos os tipos, inclusive machados e martelos.

— Saiam do carro agora – diz TioZito.

— Mas eu não tenho como correr.

Ele corre para o lado e salva Rita que, presa no banco, não conseguia sair.

— Para onde iremos? Eles estão vindo de cima e de lá do baixo!

— Rita, alguma ideia?

— O rio!

— Quê?

— Rita, mas vamos morrer se pularmos daqui!

— Pra que tu quer a vida se a vida não te quer, cegonha? Não foi ali que tudo começou? Ali tudo vai terminar! Pula!

A cena épica mostra uma mulher vivida e experimentada se jogando para a morte de uma altura de dezenas de metros em direção às águas vermelhas do grande rio. Maria Raimunda não contou duas vezes. Corajosa e imponente, não viu a prepotência lhe impedir de tomar uma decisão tão importante. Não viu o susto de TioZito que, moleque ainda, via tanta gente armada se aproximar e sabia que não haveria conversa ali, senão uma condenação de morte no nível mais intermitente.

— A vida vale a pena se não nos enganamos com o presente!

Da inocência madura de suas ideias, já próximo do horror que se avizinhava, ele deu um pontagulho naquelas águas que tinham criado em si grande consciência e estardalhaço. Entre a distância do pulo e o fim pôde ver, ainda que no soslaio da morte, o recrudescer dos drones do sistema Israel, sequestrados pelas fábricas de cansaço, indo em direção a toda aquela gente com a maior munição possível.

~~~~

— Temos que perceber que o mundo terá injustiças com ou sem pessoas pretas – dizia o professor com a turma lotada. – Na Idade Média europeia já existiam injustiças terríveis cometidas pelos reis contra os pobres usuários de serviços e mercadorias dos burgos. Também foi na Europa que várias mães de família tiveram que se juntar aos seus homens devido a desoneração das terras primárias para as pequenas indústrias que, naquela época, não eram chamadas assim. Para a fabricação também primária de pequenos utensílios como, por exemplo, o couro.

Ele respira enquanto descansa, com calor, pois o ar estava desligado.

— O mundo passa – continua. – Mas somente o preto vai sendo eliminado da história. Minado como se mina qualquer estrutura insignificante. O mundo, depois dos pretos, ainda terá injustiças. Ainda guardará consigo a expropriação de qualquer categoria de existência que se contraponha à necessidade de vigência de um poder instituído num macro, micro e necro espaço. Porém, só as pessoas pretas não farão parte de um passado e de um futuro.

Com lágrimas nos olhos, muitos estudantes pretos mal conseguiam bater palmas ou reagir à aula cruel do professor que, já terminado, os olhava profundamente, todos pretos melaninados, vendo seu futuro previsível ser narrado como se fosse uma narrativa policial de péssimo gosto.

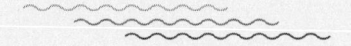

※

— Tá chegando agora, menina?
— Fui no hortifruti comprar coisinhas de mãe. Tá tudo tão caro!
— Rita, teve um menino aí atrás de você!

Ela, como se soubesse o que ia lhe acontecer de novo, senta assustada com o olhar que a tudo vê e reúne consigo a necessidade de passar horas lembrando vidas que nem sabe se viveu de verdade.

※

RIO VERMELHO, O CEMITÉRIO DOS COM-COR

A narrativa de *O rio do sangue dos meninos pretos*, tecida por micronarrativas em torno das personagens TioZito, Maria Raimunda e Rita, aloca-se em um país dividido por dois mundos em conflito: o *sem-cor* e o *com-cor*. Esses se "encontram" em um "rio avermelhado e avolumado do sangue dos meninos pretos" e se amalgamam com um mosaico que aparenta – ou se quer aparentar – multicolorido; contudo se mostra, predominantemente, quase unicolor, pois "a noite carvão" e "o rio avermelhado e escuro", afinal, destacam-se. Entretanto, o sangue vermelho é a cor comum aos dois mundos. Os corpos e o sangue dos *com-cor* – pretos, "quase pretos" e "os melaninados" –, ao fim ao cabo, intensificam mais cor vermelha do rio.

Pretos e melaninados, na novela, não escapam das fábricas de cansaço e mortes dos militares, os Cota e os Bandeirantes, nem das indústrias de segurança e das empresas milicianas que utilizam tecnologias arrojadas, como drones, intitulados criticamente Os Israel, mas também armas brancas. No mundo dos com-cor, ninguém viverá. Todos *com-cor* são arremessados, brutalmente, ao rio avermelhado do sangue dos meninos pretos.

O rio do sangue dos meninos pretos põe o dedo numa ferida que dói intensamente, estrangula, agoniza e agudiza em inúmeros países, principalmente, no Brasil: o genocídio da juventude negra e periférica. Como exercício histórico e contemporâneo da necropolítica – do Estado-nação –, mas também das agências de regulação nacionais e internacionais, da indústria da morte e até dos mercados do crime, arrancam-se o direito de respirar e viver de homens e mulheres negras.

Máquinas potentes de crimes, a favor do extermínio dos *com-cor*, transitam na narrativa e em muitas sociedades, envolvendo macro e micropoderes. Negros e negras, na saga da vida, são açoitados(as) para o rio vermelho, tendo as suas vidas arrebatadas, violentamente, e despejadas em rio avolumado, o cemitério dos *com-cor*. Nele, não tão somente se derramam seus corpos e sangue; mas também se extirpam vidas negras, projetos, sonhos, famílias; e matam caminhos e possibilidades de existir.

A morte torna-se o seu único destino! A cada 23 minutos, no Brasil, mata-se um *jovem homem negro*, já informou o Mapa da Violência.* Triste fim de, em média, 62 *jovens pretos e quase pretos diariamente*! Triste Brasil!

A distopia como um soco nos incita, por um lado, a pensar, ao menos, e a estar entre as Palavras, árvores gigantes e supermisteriosas, onde as personagens se sentam ao redor e acontecem os encontros da e com a vida. Por outro lado, a narrativa também nos desassossega mediante as tantas máquinas de morte, ao encenar o rio avolumado e avermelhado, nutrido pelo sangue de "pretos" e de "quase todos pretos". Vemos, a olhos nus, em episódios dos racismos estrutural, religioso, epistêmico e do cotidiano, o rio – o cemitério dos *com-cor* –, escancarado, jorrando sangue e esperando de nós, máquinas, igualmente potentes de vida para secá-lo ou, ao menos, que se forjem estratégias para estancar o seu curso.

ANA RITA SANTIAGO
Professora da Universidade Federal do Recôncavo da Bahia Doutora em Letras e Linguística pela Universidade Federal da Bahia (UFBA) e Mestra em Educação e Contemporaneidade pela Universidade do Estado da Bahia (UNEB) Pesquisadora e membro do GT Mulher e Literatura da Associação Nacional de Pós-Graduação em Letras e Linguística (Anpoll).

---

* Recomendo fortemente que pesquisem e leiam as edições disponíveis gratuitamente na internet do "Mapa da Violência", um compilado de pesquisas com dados secundários realizadas periodicamente com foco na problemática da juventude e a violência. Outro veículo de informação é o "Atlas da Violência", portal que reúne, organiza e disponibiliza informações com dados organizados por temas e séries de variáveis, além de recortes por variáveis relevantes, como: sexo, raça/cor e faixa etária.

spoti.fi/3JxniZi

Ei! Fizemos uma playlist exclusiva
para este livro e ela tá incrível demais!
VEM DAR O PLAY NO SPOTIFY!

Copyright © 2022 by Editora Letramento
Copyright © 2022 by Gabriel Nascimentoo

Diretor Editorial | **Gustavo Abreu**
Diretor Administrativo | **Júnior Gaudereto**
Diretor Financeiro | **Cláudio Macedo**
Logística | **Vinícius Santiago**
Gestão do Projeto Editorial, Comunicação e Marketing | **Giulia Staar**
Assistente de Marketing | **Carol Pires**
Assistente Editorial | **Matteos Moreno e Maria Eduarda Paixão**
Editoração e Preparação | **Lorena Camilo**
Revisão | **Daniel Aurélio (Barn Editorial)**
Ilustrações da Capa e Miolo | **Elisa A Ribeiro (Eletrisa)**
Capa | **Gustavo Zeferino**
Projeto Gráfico e Diagramação | **Luís Otávio Ferreira**

A linguagem utilizada por *O rio do sangue dos meninos pretos* segue padrões técnico-científicos, tendo a revisão ortográfica sido realizada sob o respeito aos usos linguísticos do autor e de suas personagens.

Todos os direitos reservados. Não é permitida a reprodução desta obra sem aprovação do Grupo Editorial Letramento.

N244r   Nascimento, Gabriel
O rio do sangue dos meninos pretos / Gabriel Nascimento ; ilustrado por Elisa A Ribeiro. — Belo Horizonte, MG : Letramento, 2022.
158 p. ; 14cm x 21cm.
ISBN: 978-65-5932-194-0
1. Literatura brasileira. 2. Romance. 3. Racismo. I. Ribeiro, Elisa A. II. Título.
2022-2257   CDD 869.89923   CDU 821.134.3(81)-31

Elaborado por Vagner Rodolfo da Silva - CRB-8/9410
Índice para catálogo sistemático:
1. Literatura brasileira : Romance 869.89923
2. Literatura brasileira : Romance 821.134.3(81)-31

LETRAMENTO EDITORA E LIVRARIA
Caixa postal 3242 — CEP 30.130-972
r. José Maria Rosemburg, 75 B — Ouro Preto
CEP 31.340-080 — Belo Horizonte / MG
Telefone 31 3327-5771

editoraletramento.com.br ✖ contato@editoraletramento.com.br ✖ editoracasadodireito.com

O RIO DO SANGUE DOS MENINOS PRETOS

Gabriel Nascimento

LETRAMENTO

- editoraletramento
- editoraletramento.com.br
- editoraletramento
- company/grupoeditorialletramento
- grupoletramento
- contato@editoraletramento.com.br

- editoracasadodireito.com
- casadodireitoed
- casadodireito

GRUPO ED. LETRAMENTO